天才不老媽

2021 增訂新版

陳素宜——著
程宜方——圖

目錄

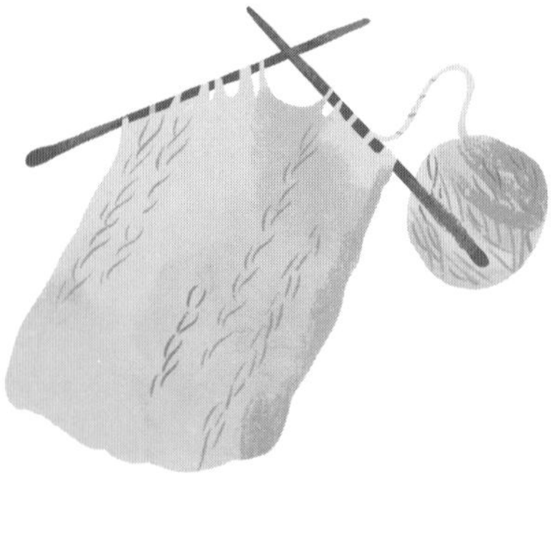

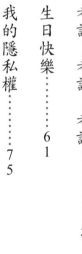

永遠的天才不老媽（新版序）

二十六年前，《天才不老媽》一文，獲得第三屆九歌現代少兒文學獎第二名，九歌出版社於一九九五年出版成書。它是我個人創作生涯出版的第一本書，以詼諧風趣的筆調，寫認真好學的全職媽媽何艾萍和國一的兒子杜世昌生活中的點滴趣事，當然阿昌爸爸也出現在故事中，擔任不是壞人的壞人，給號稱天才不老媽的何艾萍女士，一些心理上的壓力。

當年，大小讀者最喜歡問我的是：「天才不老媽，寫的是你自己嗎？」我在初版的後記中，回答了這個問題，一一說明阿昌媽媽所作所為的原型。期待少年讀者，閱讀後回首發現自家媽媽的天才，用柔軟的心，跟媽媽相處。當年，那個在家事空隙中擠出寫作的時間，掂掂郵件就知道是採用通知，還是大作回家的媽媽確實是我的寫照。

故事中的何艾萍女士，雖然作品沒有得獎，卻獲得家人的支持，以實際行動支援她努力朝夢想前進，現實世界中的我，也是創作不輟，在《天才不老媽》之後，以《秀巒山上的金交椅》和《第三種選擇》三度獲得九歌現代少兒文學獎。除了少兒小說之外，還有童話和兒童散文等六十餘部作品出版。創作題材聚焦於女性的故事，尤其是年紀大的女性，以小說和奇幻故事敘說她們的人生故事；另一個重點則是生態和環境保護，用童話的方式，以其他生物的角度來看人類對於地球、大自然的作為。至於兒童散文的題材，則是與小讀者分享童年生活和在世界各地旅行的所見所聞，所思所想。亦有不少作品以客家原鄉作為故事發展的背景，刻畫客鄉的風土民情，流露濃厚的客家風味。

兒童文學創作，豐富了我的生活；期待我的作品，也豐富了大小讀者的生活。感謝九歌出版社在二〇〇九年將《天才不老媽》再版之後，於二〇二一的今年三版出來！感謝管家琪女士初版為我寫序，感謝黃秋芳女士再版為我寫延伸閱讀，最最要感謝的是幽默風趣的何艾萍女士，二十六年來，陪伴大小讀者，用堅定的意志，奮發的精神，開創全職媽媽的一片天地。她是永遠的「天才不老媽」！

陳素宜

於二〇二一年二月

名家推薦

傅林統（作家）：

取材自家庭、校園生活，充滿詼諧的情趣，人物形象鮮明，寓教於趣味濃厚的故事中。

嶺月（作家）：

輕鬆、幽默、充滿喜感，鮮活地描述現代國中生與純家庭主婦的生活，告訴青少年如何用樂觀開朗的心境突破困境。親切而溫馨。

蔣竹君（少兒文學名家）：

充分掌握兒童熟悉的語言方式，在輕鬆逗笑的情節中勾畫出融洽的親子關係，是使家庭和諧的良方。

一個未完成的夢（初版推薦序）

管家琪

每個人多多少少都有些創作慾望，只是表現出來的方向不盡相同。

《天才不老媽》中那位可愛的老媽——何艾萍，在獨子眼中是一個非常好學的人，她學過打毛衣、做蛋糕、剪頭髮，有一天，因為老友來訪，提及當年大學時代「情書事件」，使何艾萍忽然憶起自己其實很有寫作方面的才能和興趣，而決心重拾紙筆，立志要做一個兒童文學作家；也因而使原本幸福平凡的家庭面臨一些新的衝激。

在一場何艾萍邀兒子杜世昌一起欣賞自己「百寶箱」的懷舊戲中，

我們知道，何艾萍年輕的時候就是一個多才多藝的女孩，且從小就希望將來能夠當作家；她是當年捨不下世昌才辭掉工作，專心在家做賢妻良母。在這一場戲裡，原本就和媽媽很親近的世昌，這才明白媽媽對於寫東西的熱情並不同於她過去學做蛋糕、打毛衣等等只是「一時的興趣」，而是一件「想了那麼多年」的事，於是決定挺身而出，為媽媽說幾句話，爭取爸爸真心的支持，「天才不老媽」於是得以擁有較大的空間，得以朝「自我實現」昂首前進。

「事業」和「家庭」一直是拉扯著女性的兩股相對力量，能夠兼顧，是每一個女性的夢想，實際上卻是如此不易得，所以每一個女性的內心都有一把尺，希望能在不斷的掙扎和煎熬中找到一個平衡點。《天才不老媽》由於是以世昌做為主述者，透過他少年的眼光來看事物，同時，作者陳素宜所塑造的「何艾萍」這個角色，是一個具有正面人格特質的女性，不是那種成天唸唸叨叨、自怨自艾型的主婦，所以，對於何艾萍所經歷的掙扎和抉擇，並沒有太深刻的描述，不過，在幾筆輕描淡寫中，還是讓讀者感受到，一個表面看似幸福的家庭，裡頭有女主人多少的包容和犧牲。

譬如，做父親的一看兒子成績不好就責怪太太沒有盡責；表面上說太太要做什麼他都沒意見，條件卻是不能影響到大家的生活（也就是說太太要追求自我實現之前得先照樣供應美味可口的晚餐）；只顧吹噓自己攝影方面的才華，卻不相信太太真有什麼寫作方面的才能；甚至，在逼得太太不得不封筆之後，卻又振振有詞的教訓她「人哪！總要培養一個興趣才好，不然生活會很無聊的。」……唉，何艾萍的無奈乃至於哭笑不得，真是不難想像的了。

《天才不老媽》雖是一個平凡的故事，許多生活細節的描寫卻頗能令讀者產生共鳴。

作者陳素宜是國內少年小說的新秀，以一個新手而言，駕馭這樣一個四萬餘字長度的作品，雖然在某些情節的轉折處理上稍嫌突兀（譬如何艾萍決定重拾作家夢的經過），但大體而言，表現仍算中規中矩，四平八穩。

結尾尤其不俗。何艾萍雖然在一次徵文比賽中受挫，卻能在關起門來痛哭一場後，體認到「比賽並不是寫作的目的」，而決定再接再厲，繼續寫下去！每個人或多或少都有一些「未完成的夢」；如果作者安排何艾萍在結尾時已一炮而紅，就會太過「童話」，但是安排她受挫卻不氣餒，在家人真心支持之下，繼續為未完成的夢而努力，就顯得真實動人，也非常符合何艾萍一貫所表現的積極樂觀的個性。

當然，令人高興的是，何艾萍固然「壯志未酬」，創造她的作者陳素宜，卻是美夢成真了。我和素宜相識三年多來，一直都非常清楚她在兒童文學創作方面的努力。《天才不老媽》之後，相信素宜一定還會推出更多同樣清新可喜的作品。且讓我們拭目以待吧。

於一九九五年七月

1 帽子下的祕密

「阿昌，合作一下嘛！你坐下來，馬上就好。」

「媽——，拜託好不好？我明天要考數學，英文和生物，三科耶！你等爸爸回來，叫他跟你合作嘛！我要回房去看書了。」

我趕緊溜回房間去避難。其實，我明天只考一科數學，沒有剛剛說的那麼嚴重。可是，不找個藉口溜掉，我就完了。老媽要親自操刀跟我剪頭髮欸，這回要是被她逮到了，我明天還有什麼臉見人？

老媽國小、國中畢業後，唸的是普通高中，大學唸的又是大眾傳播。畢業後馬上結婚生孩子，就一直待在家裡了，她什麼時候學過跟人家剪頭髮了？要是真的讓她跟我剪，我明天鐵定不敢出門。這種苦差事，推給老爸好了。

「阿昌，我現在幫你剪，晚上才輪到你爸爸，哎呀！我現在興趣正濃，手癢得很，你就給我試試嘛！」

老媽的纏功真是一流的，竟然「一路追殺」到我房裡來了。平常只要我說要看書，她是絕對不會來吵我的，今天看她那副躍躍欲試的樣子，我是「劫數難逃」囉！

其實老媽每次都是這個樣子，她想學一樣新東西的時候，就像她自己說的一樣：一頭栽進去，學不會絕不出來。

去年夏天，她開始學用棒針打毛衣。夏天欸，我看到毛線就流汗，老媽卻整天抱著毛線球，上針、下針，上針、下針的數個沒完。就這樣數著、數著，數出了一件毛衣給老爸，一件背心給我。我的背心還好，只是前面的衣擺和後面的衣擺不太一樣長。老爸的那件毛衣，我看只能用「慘不忍睹」來形容。一個袖子長，一個袖子短不說，肩膀又太寬，穿起來就像被單掛在竹竿上一樣。不過去年冬天，老爸還是穿了到處去獻寶：

「怎樣？我老婆打的毛衣，不賴吧！」

後來還是老媽看不過去了，才把毛衣拆了重打一次。這回手藝進步了。大小適合，花紋高雅，老爸更是把老媽吹捧為現代賢妻良母的模範。

前一陣子，老媽迷上了做蛋糕。從焦黑的，硬得像石頭一樣的蛋糕，到現在香噴噴、鬆鬆軟軟，和蛋糕店不相上下的蛋糕，我整整吃了兩個月，害我現在聽到「蛋糕」兩個字就想吐。不過老爸還說這個犧牲是值得的，因為現在不管是我們的親朋好友，還是老爸的公司同仁，只要有人生日，老媽的自製蛋糕，一定搶盡其他禮物的光彩。

老媽就是這麼「好學」的一個人。她常說我要是有遺傳到她一半這種不服輸的精神，今天數學就不會這麼一塌糊塗了。可是她一點都不知道，她學東西，苦的是我。我常因為不知道她又要變什麼新花樣，而提心吊膽的過日子。像現在，主意打到我頭上來了，說不要還不行呢！

「媽！你千萬要小心一點喔，我明天還要去上學呢！」

我坐在老媽梳妝臺的大鏡子前面，脖子上圍著一塊塑膠布，看起來就像一隻等著挨刀子的雞。

「哎呀！對媽媽要有信心嘛！你只要聽我的話，不要亂動，馬上就變成帥哥一個。」

帥哥！我可是想都不敢想喔！看老媽一副信心十足的樣子，我心裡還是怕得要命。我擔心帥過了頭，酷「斃了」，那可就慘了。我一直在想，是用頭巾包頭來遮醜好，還是買頂大便造形的帽子來裝酷好？

剪刀「咔喳、咔喳」的聲音在耳邊響個不停，我閉著眼睛不敢看老媽的表演。這段時間，我算是深深的體會到，頭上頂著蘋果給人家射的那個可憐蟲，他心裡在想些什麼了。

「啊……阿昌，我看……，我看……。」

好不容易剪刀停下來了，老媽開口說話，聲音卻不像剛才那樣中氣十足了。

「我看……，我送你一頂帽子好了。」

我睜開眼睛，看了鏡子一眼，對著老媽大叫：

「打死我我都不出門了！」

第二天，沒有人要打死我，我還是出門了。誰叫我是個國一的學生呢？萬一我這幾天不上課，數學真的越來越慘，慘到三年後考不上高中，那我就完了。這些是老爸昨晚看了我的新髮型，聽了我的誓言以後告訴我的。我想想，好像還有點道理。於是，我出門了。不過，我真的戴了一頂帽子。但不是大便形的，何必這樣臭自己呢？

我戴著我的帽子坐公車，我戴著我的帽子進教室，我戴著我的帽子上課。我像那些馱著房子走路的蝸牛一樣，希望躲在陰暗、沒有人注意的角落裡。可是全班只有我一個人戴著帽子上課。這頂帽子讓數學老師進教室的第一句話就是：

「杜世昌，室內不要戴帽子。」

我對老師搖搖頭，勉強牽動一下嘴角，算是笑過了。我真是「心事誰人知」啊！其實一早走進教室，我就是轟動全班的頭號人物了。十幾個人圍著我，想盡辦法要把我的帽子脫下來。眼看著就要招架不住了，我趕快掉下一句狠話：

「誰再碰我的帽子，我就跟誰絕交！」

還好平常對人不錯，他們捨不得跟我絕交，大家都停下來了。不過卻用那種「三更半夜起床尿尿，看見了外星人」的眼光看我。

「幹嘛？沒見過帥哥嗎？」我瞪了他們一眼。

「杜子，你秀逗啦？沒事在教室戴什麼帽子？」

說話的徐金波，我們都叫他「水皮」。平常我和他是無話不說的「哥們」，可是今天，我實在不想讓人看見這副樣子。我問他：

「沒聽說什麼叫做新新人類嗎？」

然後上課鐘聲救了我。但是現在數學老師又提這件事，我除了苦笑之外，也不知道怎麼辦才好。不過，我是絕對不會把帽子脫下來的。

「杜世昌，你聽到我的話沒有？室內不要戴帽子。」

數學老師的眼睛，透過厚厚的鏡片盯著我。

我搖搖頭。

「把──帽──子──脫──下──來。」

這句話一個字、一個字的從老師咬緊的齒縫裡蹦出來。

我遲疑了一下，還是搖搖頭。

「你要是把玩這些花樣的精神，用在數學課本上，你的成績就不會這麼爛了！」

我就知道，是我數學太爛，壞了她明星老師「強將手下無弱兵」的名聲，老師才看我不順眼的。其實我也很想把數學學好啊！可是那跟我戴不戴帽子有什麼關係呢？我堅決的再搖一次頭。

老師真的生氣了。她走過來，伸出手，想把我的帽子摘下來。

我緊緊的拉住帽簷，誰都別想把我的帽子脫下來。

教室裡很安靜，只有老師走過來，高跟鞋敲著地板的聲音。全班同學的眼睛都看著我，比平時上課還專心。水皮推推我的肩膀，我還是搖搖頭。

「算了！我懶得跟你浪費時間，你去跟你們班導師解釋好了。」

數學老師叫我立刻去辦公室跟班導報告，然後氣呼呼的走回講臺上課。

哈！沒想到這一攪和，我不必考數學了。真是撿到大便宜囉！而且班導不像數學老師那樣看扁我，跟她報告沒什麼好害怕的。

我到辦公室的時候，班導正在喝茶，她聽了我的報告，問我說：

「為什麼不把帽子脫下來呢？」

「這是祕密！」我說。

老師眨眨她的大眼睛說：

「我不會告訴別人的。」

我想了一下，平常老師的信用還滿好的。於是我把「本世紀最大的不幸事件」告訴她了。

沒想到她竟然興致勃勃的說：

「帽子脫下來給我看一下好不好？」

「拜託喔老師，您怎麼也要人家脫帽子？」

「我跟你說，我有兩個弟弟，從小就是我幫他們理頭髮的。我看看你的頭髮，說不定還有補救的機會喔！」

「老師，沒用的啦，我爸昨天晚上也帶我去過理髮店。師傅說太短了，唯一的辦法就是剃個大光頭。我才不要咧！那要等多久才會恢復原來的樣子？我寧願戴帽子遮一下。」

「哎呀！你就給老師看一下好不好？」

真受不了我們班導，她這一點倒是跟我媽有點像。我看了看四周，有的老師低頭改作業，有的老師趴在桌上睡覺，沒人注意到我這邊來。我深深的吸了一口氣，以最快的速度脫下帽子，馬上又把帽子戴回去。

班導真是厲害，這麼短的時間她也看清楚了，她用很同情的口吻說：

「我第一次跟我弟弟理頭的時候，也差不多是這個樣子。你就戴著帽子上課吧！希望你頭髮長的速度能快點才好。」

我走出辦公室的時候，長長的吐了一口氣。還好，頭髮沒有第二次「慘遭毒手」！

2 熟悉的陌生人

其實，整天戴著帽子也滿難受的。尤其是這悶熱的天氣，就像把頭放進了烤箱一樣，滴出來的大概是油不是汗了。在學校時，我要是實在忍不住了，就跑到廁所去，把帽子脫下來透透氣。在家裡，才是真正解脫的時候。把帽子一丟，再去冰箱挖幾瓢老媽為表示歉意而買的冰淇淋，我就可以暫時忘記，明天還要在帽子裡悶七、八個小時的痛苦了。

所以這幾天，一放學我就往家裡衝。可是今天剛進門，客廳裡坐著那個「熟悉的陌生人」，就把我嚇得又跑出大門，看看自己是不是走錯地方了。

沒錯呀！門上那個倒貼的「春」字，還是今年春節時，我親自揮毫的真跡呢！可是那個小姐，怎麼會一個人坐在我家客廳呢？老媽跑哪裡去了？

說她是「陌生人」，是因為我根本就不認識她，說她是「熟悉的」，是因為我一眼就看出，她是電視臺晚間新聞的主播。我們家每天晚上七點到八點，都乖乖的坐在電視機前面，聽她「訓話」一小時，當然是再熟悉不過的啦！

可是，她來我們家幹嘛呢？哎呀！難道是她知道了我帽子底下的祕密，特別來採訪我的？我記得她們的新聞報告，每天在最後的幾分鐘裡，都會報一些那裡出現了一隻雙頭八腳的烏龜啦，或是國外那個有錢的老太太把遺產留給一隻貓啦什麼的。對了！她一定是來訪問我的。一個外型英俊瀟灑的國中男生，被他母親用差勁的理髮技術，毀掉了明日巨星的大好前程。這可是件大新聞哪！

我看老媽大概是「畏罪潛逃」了，那我該不該接受訪問呢？

我站在門口慎重的考慮，老媽卻端著兩杯茶，從廚房出來了。

「阿昌，回來啦！這是黎阿姨，媽媽的同學。」

那個黎阿姨看起來比電視上的樣子嬌小一點。不過短短的頭髮，大大的眼睛，配上一個小嘴巴，她應該就是那個新聞主播沒錯。可是她怎麼會是老媽的同學呢？我從來沒聽過老媽提起呀！

「怎麼？看人看呆啦！沒錯，她就是那個主播。你不要那副大驚小怪的樣子，叫人哪！」

在老媽的催促下，我傻傻的叫了一聲：

「黎阿姨！」

她對我點點頭，笑一笑，然後跟媽說：

「你看，你兒子都國一了。我上次看到他，他才唸幼稚園呢！我們真的是好多年沒見面了！」

「誰說好多年沒見？我可是天天在電視上看見你喔！真不簡單，

主播欸！那像我，整天關在家裡，標準的黃臉婆一個！」老媽的口氣充滿了羨慕。

聽到這裡，我原想溜進房裡去，把帽子脫掉透透氣的。因為我發現主播跟一般人也沒什麼不同。既然不是訪問我，而我也已經問過好了，應該是可以離開了。可是下面的幾句話，又讓我留了下來。

老媽問阿姨：

「結婚了嗎？」

黎阿姨點點頭：

「還記得外文系那個林成章嗎？」

「林成章？你是說那個『最有味道的男人』？」

「是啊！我還得謝謝你寫的那封情書呢！」

情書？老媽會寫情書？我還以為老媽只會突然從沙發後面跳出

來，把剛進門的我嚇一大跳；或是拿把吹風機抵在老爸背後，問他：

「要錢？要命？還是要老婆？」

看來老媽也有浪漫的一面呢。我放下書包，在沙發旁的矮凳上坐下。聽聽看到底是怎麼回事？

老媽的臉紅了起來，她跟阿姨解釋說：

「其實，那只是開開玩笑而已。你記不記得那時候，他沒事就抱著幾本原文書在校園裡晃來晃去。從他身邊走過，還聞得到好濃的古龍水味道。現在想想，是沒什麼。可是當時卻覺得這個男生真是太騷包了。所以才會一夥人寫了封假情書去戲弄他。這麼多年都過去了，不知道他氣消了沒有？」

老媽說完還吐吐舌頭，黎阿姨卻不當一回事，笑嘻嘻的說：

「他啊！不但沒有為這件事生氣，心裡頭還暗自高興呢！他把那封沒署名的情書當做寶貝，到處去給人家看。還跟人說根據筆跡推測，那個仰慕他的女孩應該就是我。其實當時我也覺得他太愛現了。不過畢業多年後再相遇，發現他成熟不少，才跟他結婚的。他一直以為那封信是我寫的，婚後我才告訴他原作者是你，而且是為了糗他才寫的。他不但不生氣，還說你的文筆太好了，簡直就有職業作家的水準。對了，我們會把那封信好好保存起來，哪天你真成了名作家，那可就是不得了的寶貝了！」

原來「情書事件」也不過是老媽又一件惡作劇的記錄，沒什麼浪漫情調。只是更證明了我對老媽的看法：她比我更像小孩子！

黎阿姨又和老媽聊了很久，兩個人比手劃腳，又叫又笑高興得不得了。後來還是黎阿姨想到還有一個約會，才匆匆忙忙的走了。

我被她們的「噪音」轟炸了兩個多小時，總算可以清靜一下。我回到房裡去做功課，老媽鑽到廚房做晚餐，我們家總算又恢復正常了。

晚餐時間，我們像往常一樣坐在餐桌旁邊吃邊聊。我問老爸：

「爸，你知道今天誰來我們家嗎？」

「誰？」爸爸夾了一塊紅燒肉塞進嘴裡。

「你猜猜看嘛！」

老爸從飯碗裡抬起頭來看了我一眼：

「看你這麼興奮，今天的客人不是老蕭就是恰恰！」

老蕭又會唱歌又愛護動物，是我最欣賞的歌手。前幾年剛退休的恰恰則是我最欣賞的職棒球員，這些老爸都知道。不過猜他們會來我們家，也太離譜了吧？

「拜託喔，爸！是晚間新聞的那個主播啦！她是媽的同學耶！」

「黎安安？她好久沒來了，怎麼不留她吃晚飯呢？」
爸爸邊問邊把空碗遞給媽媽再裝一碗飯。
「她說約了一個人談新聞節目的事，改天再請我們全家吃飯。」
媽裝了飯，又把碗還給老爸。
老爸一隻手接碗，一隻手又去夾了一些青菜，才說：
「她還是那副女強人的樣子吧？真不知道她在想些什麼？女人嘛！何必跟男人一樣，在外面衝鋒陷陣呢？好好待在家裡，把孩子照顧好，讓先生沒有後顧之憂才是對的。」
老媽撇撇嘴，瞪了老爸一眼說：
「我看你是被我寵壞了，老爺子，睜開眼睛看看月曆，公元兩千年都過去二十年了，你那套『男主外，女主內』的論調，該調整調整啦！」

糟糕！一場男人和女人的戰爭又要開始了。我看我還是早早把飯吃完，快快離開現場。免得「掃到風颱尾」，倒楣的還是我自己。

3 走味的晚餐

自從黎阿姨來過以後，老媽變得有點怪怪的。她還是一樣買菜、煮飯、洗衣服、拖地板，可是她常常發呆。煮飯的時候，對著鍋子發呆；拖地的時候，對著地板發呆，沒事的時候，就坐在落地窗旁，對著遠遠的觀音山發呆。那些打毛衣的棒針，烤蛋糕的烤箱，都收起來了。連我的頭髮長了，恢復原來的樣子，她也沒多說什麼。

「媽，你有心事喔！」我說。

老媽沒聽見，她還是看著遠處的觀音山。

這是一個星期天，老爸早就背著他的相機到臺北市去「打獵」了。他想參加「臺北設市百拾週年攝影比賽」活動，還有半個月就要截止收件了。他要趁最近多照些作品，再挑一張最滿意的去參加，希望能爭取到他心目中的最高榮譽。

老媽沒跟老爸一起出門。平常她是巴不得有這種出去透透氣，又有「專屬攝影師」的作秀機會。可是今天她說懶懶的，不想出去，而且明天我要考試，她覺得應該陪我在家K書，不然她會「良心不安」。

其實，我都國一了，真不知道老媽還不放心什麼？不過她在家也好，我可以有吃有喝的。讀累了，還有人可以聊天解悶。

剛剛我就是唸完了英文，在要看數學之前，出來客廳走動走動，又看到老媽對著觀音山發呆，她真的是有心事了喔！

「媽——，媽——！你在想什麼啦？」

「哦！你什麼時候出來的？」

老媽回過神來看看我，突然想到了什麼，她摸摸頭髮，拉拉衣服，然後半靠著椅背，一隻手支著下巴，問我：

「你看我像不像——，像不像一個作家？」

作家？我從來就沒見過那個作家，也不知道作家該長成什麼樣子，可是眼前這位身材稍胖，頭髮凌亂，穿著運動衫、短褲的「女士」，怎麼看，就只像我媽，哪像什麼作家呢？

我對老媽搖搖頭。

老媽像洩了氣的皮球一樣，又縮回那張大躺椅裡面。

「那我像什麼呢？我能做什麼呢？」

老媽的眼神，又飄向窗外的觀音山了。

我真的不懂老媽在說些什麼？不像作家有什麼關係，她當我老媽就好了嘛！不過我不忍心太打擊她，而且剛好想到了上回她看報紙看到的一件事，倒是可以用來安慰她。我就告訴老媽：

「上次你不是說有一個叫帕華洛帝的歌唱家，是個超級大胖子。可是他的歌實在是唱得太好了，所以一些世界級的歌劇院就為了他，特別把門敲掉，重新做個較大的門嗎？所以我想，如果你真的寫得像黎阿姨的老公講得那麼好的話，那以後人家說作家長成什麼樣子，就應該像你這個樣子吧！」

老媽聽了這些話，竟然瞪大眼睛看著我，好像不認識我了一樣。她先輕輕敲我的額頭說：「嘿！杜世昌先生，是你嗎？」

然後高興的說：

「小子！你長大囉！這段話說得不錯，給我很大的信心。本來就沒有人規定，作家應該長成什麼樣子，對不對？我現在下定決心：我要做個作家，做個寫得很好的作家！」

唉！我只是隨便說說而已，就被老媽捧成這樣，還有點不好意思呢？不過我的隨便說說，老媽竟然信以為真，不曉得她這回一頭栽了進去，又會有什麼事情發生呢！阿彌陀佛，老天保佑啊！

老媽真的說到做到。晚上她把餐桌收拾乾淨，拿出爸爸淘汰不用的筆記型電腦，就在那裡正式開始了她的寫作生涯。

「老婆大人，你又在變什麼新花樣了？」

老爸端著一杯茶，走到餐桌旁邊。

「安安的老公說我能寫，我們兒子也說我能寫，我自己也相信我能寫。現在開始，我要好好的寫些東西出來。」

老媽一邊敲著鍵盤，一邊跟爸說她的新志願。

「寫些東西？什麼東西？」

不知道為什麼，老爸的聲音聽起來，好像對這件事沒什麼興趣的樣子。不像以前，他聽媽說要學打毛衣，做蛋糕的時候，他都熱烈附和，忙著替媽準備用具。

媽好像沒聽出老爸的冷淡，她被老爸的問題問倒了。

「什麼東西？對啊！寫什麼東西好呢？」

老媽陷入了苦思，那個抓頭、踱步、發呆的樣子，就跟我數學算不出來的時候，完全一樣。

九點，我從房間出來，經過餐廳到廚房去喝水，老媽面對一片空白的螢幕。十點，我出來上廁所經過餐廳，一片空白的螢幕對著老媽，十二點，我再出來看看，老媽趴在餐桌上睡著了。

「媽！起來啦！要睡到床上去睡。」

咦！這句話我聽起來，覺得好耳熟。對了！是每次考前，老媽送點心到房裡給我，看到我趴在桌上睡覺時說的，現在變成由我跟媽這樣講，我突然感覺到，自己真的好像長大了。

老媽張開眼睛看我，一副不知道自己怎麼會睡在這裡的樣子。

我說：「大作家，該睡覺啦！」

老媽想起了什麼，苦笑了一下。那表情就像前陣子她從烤箱裡，端出一個焦黑的蛋糕時一樣。

第二天，更離譜的事情發生了。

我放學回家時，老媽像往常一樣在廚房裡忙。等我洗個澡出來，老爸也下班回來了。

「阿昌，把碗筷擺好，叫爸爸吃飯了。」

我打開電鍋蓋子，看到一鍋米泡在冷水裡，水面浮著老媽滴進去的一點沙拉油。

「媽——，你忘了按開關啦，飯根本就還沒煮！」

「你說什麼？」老媽關了抽油煙機，把最後一道菜端上桌來，沒聽清楚我在說什麼。

「我說你沒按電鍋開關，還是一堆米泡在水裡。」

我按了開關，坐在餐桌前等飯煮好。老爸擺著一張沒有表情的臉看電視。老媽不知道溜到那裡去了。

飯煮好了，我們習慣看的晚間新聞也開始了。我顧不得黎阿姨在講些什麼，急著夾菜配飯，填飽肚子。

老爸吃了一口空心菜，「噗！」的一聲又吐了出來。

「怎麼是甜的？」

我吃的糖醋排骨也是怪怪的。不但沒有酸酸甜甜的好滋味，反而鹹死人了！

後來老媽開了幾個罐頭，總算打發了這頓「走味的晚餐」。

晚餐後，老爸一臉不高興的跟媽說：

「艾萍，你要學什麼，做什麼，我都沒有意見。可是你不能影響到大家的生活才行。像今天這樣的晚餐，怎麼說得過去呢？」

老媽什麼也沒說，只是用力的刷著鍋子。

我覺得老媽有點可憐，這種「挨訓」的滋味我也嘗過。上回兄弟象和味全龍的冠軍爭霸戰，我也不是要到現場去觀戰，只是想看看網路上的實況轉播而已。老爸就說：

「阿昌，不是我不讓你看轉播，只是你數學這種成績，怎麼說得過去呢？不要看了，去看書吧！」

真是的，說不過去就不要說嘛！老爸也不想想，他自己只要是拿起了相機，還不是天塌下來了都不管。

不過，老媽好像不太需要我的同情。她照樣把餐桌擦乾淨，把電腦拿出來，繼續她「面對空白」的工作。

接下來的兩三天，我考試考得天昏地暗，只知道老媽每晚坐在餐桌前用功，也不知道她有沒有進展。直到那天我考完了，輕輕鬆鬆的躺在床上聽老蕭的歌，老媽拿著電腦進來了，有點不好意思的樣子說：

「怎樣？要不要看看我的第一篇作品？」

說實在的，我對這些一向就沒什麼興趣。我最喜歡的課外書就是漫畫。至於那些一大堆字的書，要是有人願意說給我聽，那還可以接受。要我自己看嘛？還是免了！

「媽——，你用講的好不好？」

「用講的？為什麼？」

「這樣比較快啦！」

「哎呀！怎麼這麼懶？看一看嘛！拜託看一看嘛！」

我說過，老媽的纏功是一流的。她連對外婆撒嬌的功夫都使出來了，我還能說不嗎？

純純的新裝

「有隻叫純純的蝴蝶，非常不喜歡身上那套平淡無奇的衣服，她……」

「媽，這是給小朋友看的嘛！」

「是啊！怎麼樣？喜不喜歡？」

「我都國一了，還叫我看這個？我覺得你應該找國小學生看才對。」

我把電腦還給老媽，戴上耳機繼續聽老蕭唱歌。

老媽拿著電腦失望的走了。我有點不忍心。可是我真的不喜歡看嘛！唉！是不是每個作家的孩子，都有這種困擾呢？

4 考試！考試！考試！

如果我說我喜歡考試，一定有人以為我發瘋了。不過我真的滿喜歡考英文的。因為英文對我來說，一點困難都沒有。再長的單字我都可以背起來，倒過來倒過去的文法、句型，我也可以分得清楚，所以只要考英文，全班最高分非我莫屬，英文老師甚至問我，是不是在外國長大的。所以我希望天天考英文，這樣我就可以天天拿高分了。

可是說到數學考試我就完了。我真不懂上了國中，為什麼老師還要把雞跟兔子關在同一個籠子裡。這回關的還是外國兔子外國雞，什麼有X頭兔子和Y隻雞關在一個籠子裡，然後……。老天！我連題目都看得糊裡糊塗了，哪還算得出牠們共有幾隻腳？

偏偏數學老師又最愛考試，最愛糗我，我只要聽到她那高八度的女高音叫：「杜──世──昌──。」我就頭皮發麻，四肢無力。

今天雖然不考數學，可是還有一件比考試更慘的事，那就是──

發數學考卷。

「杜世昌同學，請你回去轉告你那個天才老媽，該修理的不是你頭皮上的頭髮，而是頭皮底下的大腦！我知道你的英文全班最高分，可見你不笨呀！為什麼數學給我考這種成績？」

我看著那張三十六分的數學考卷，深深吸了一口氣，告訴自己：

「男孩子不能哭！男孩子不能哭！」

可是，老師為什麼要這麼說呢？她罵我也就算了，為什麼把老媽也扯進來？她說「天才老媽」，「天才老媽」是什麼意思？

沒想到老媽聽了竟然不生氣。她說：

「你們老師說話滿實在的，我也覺得我是個天才。不過說我『老』就不太對了。也不過才三十五、六歲而已，她應該說我是『天才不老媽』才對。還有，她說你不笨也對呀！你為什麼要生氣？我也覺得很奇怪，你怎麼會考出這種成績呢？」

「我也不知道為什麼啊！媽，數學老師在取笑我欸，你還說她說話實在。」我覺得媽一點都不了解我。

「好吧！不跟你開玩笑了！我覺得你們老師用的是『激將法』，她會知道你的英文成績，可見她滿關心你的。你應該多接近她，有問題就去問她呀！」

「拜託喔！我恨不得以後再也不要看見她了，你還要我多多接近她？」

「嘿！兒子，有點志氣好不好？人家笑一下，你就怕啦？學學你媽呀！我打算進攻國內的兒童報紙和雜誌，編輯不用我的稿子，我絕不放棄。就算被退稿一百次，我也要寫下去！」

老媽一副慷慨激昂的樣子，只差旁邊沒人彈琴，不然我就要以為她是正要出發去刺秦王的荊軻了。

「哎呀！五點多了，做飯前先開電腦看看，不知道有沒有信。」

這是老媽那篇作品寄出去以後，每天上演的戲碼。前幾天媽媽都沒有收到回信，不過她樂觀的說：

「沒有消息就是好消息。至少沒有馬上就退回來。」

可是這次她看著電腦螢幕，臉上的表情跟我下午看到數學考卷的樣子完全一樣。

她沒有說話，我也不敢出聲音。我們默默的坐了半個多鐘頭，一點動靜都沒有。

六點鐘，老媽靜靜的走進廚房，做飯去了。晚餐桌上，只有老爸興高采烈的談著他新來的主管，要舉辦一個認識同仁的餐會。後來他看媽媽和我都沒什麼反應，才擦擦嘴巴，看新聞報導去了。

吃過飯，老媽在餐桌旁呆坐了一會兒，突然走過來跟我說：「阿昌！我們不能洩氣，一定要努力下去。我要讓今天退我稿子的編輯後悔，你也要讓數學老師刮目相看！」

「媽！我們差多啦！我要考試，你不用考；我是被逼的，你是自願的，怎麼會一樣呢？」

「誰說我不用考試？我投稿就像考試一樣。刊出來了，就是高分通過；退回來了，就是低分不及格。不過我真的是自願的，所以沒有怨言。我勸你還是改變一下心態，多去接近數學老師，這樣才會學得愉快！」

老媽真是天才，竟然想得出這種要小綿羊去接近大老虎的辦法。我看算了，就讓數學爛到底好了。

可是母老虎卻不放過我。第二天的數學課，她派了一位數學小老師給我。跟我說以後有什麼問題，都可以問小老師，唯一的條件是下次月考數學要及格。

原先我是不抱任何希望的。哼！小老師？連大老師都認為我頭皮底下的大腦需要修理，小老師還能有什麼辦法？

可是，誰都沒想到，那個小老師竟然是——竟然是夏雲姿，夏雲姿哪！

夏雲姿是我們班上的「白雪公主」，她說話輕聲細語，笑起來還有兩個甜甜的小酒窩。更重要的是，她從來不說「你們臭男生最討厭」之類的屁話！

哇！夏雲姿，夏雲姿要當我的小老師，真是太棒了！我快樂得要昏倒了。

水皮酸酸的說：

「早知道這樣，我數學也要考三十幾分就好了！」

我提醒他：

「算了吧！你看到女生說話就結巴，還是先改掉這毛病再說吧！」

為了要給小老師好的印象，現在我每天都拚命做數學。學校裡的早自習時間、午休時間、自習時間，我都名正言順的坐在夏雲姿旁邊，接受她的指導。回到家裡，我就把她借我的那本題庫拿出來，每天做個三、四十題。我就不相信，數學真的有多難纏！

現在我覺得，數學老師對我還算不錯。把全班數學最行的人，派給我當小老師，可見她還認為我是個「可造之才」，不然何必這樣浪費人才呢？

可是水皮說這叫做「美人計」，自古「英雄難過美人關」，只要夏雲姿當我的小老師，我就會把準備其他科目的時間，全部挪到數學科來。這樣一來，我的數學就可以迎頭趕上全班水準，而數學老師那「明星老師」的招牌，才不會被我這個「數學白癡」給砸了。

沒想到老媽聽了我告訴她水皮的分析後，竟然完全同意水皮的說法。她還誇數學老師真高明哪！

其實，我才不管他什麼計，什麼關的。我發現就像老媽說的一樣，改變一下心態，用快樂的心情去學習，數學就好像沒有那麼難了！現在我倒希望趕快考數學了呢！

5 生日快樂

每年十月，我們家就正式進入「低氣壓」的籠罩範圍。我和老爸說話、做事都得特別小心，因為老媽就像一只充滿怒氣的氣球，一碰就會爆炸。

在這個特別的月份裡，我要叫「媽媽」，不能叫「老媽」。要是「老」字衝出了口，她鐵定氣沖沖的問我：

「我哪裡老了？你說，我哪裡老了？」

老爸也要特別注意，下班千萬要準時踏進家門，晚上最好不要有什麼應酬之類的，否則老媽一定問他：

「你嫌我老了，對不對？」

如果很幸運的，我和老爸都沒有「引爆」這顆不定時炸彈，媽就會用其他的方法，一絲一絲的把肚子裡的氣放出來。

她會坐在梳妝臺前，對著鏡子嘆氣，然後說：

「阿昌，快來幫媽拔白頭髮。你看，白頭髮越來越多，人家不以為我四、五十歲才怪呢！」其實外婆說過，媽這個叫做「少年白」。從國中開始，她的頭髮就開始出現一、兩根白的了。不拔還好，越拔越多。舅舅和阿姨他們也有這種情形。這好像跟遺傳有關係，跟老不老倒是沒有相關。

媽另外一個「洩氣」的方法就是，拿出外婆給她的「嫁妝」——那五、六本收藏著老媽從出生到結婚所有照片的相簿，一頁一頁的翻給我看：

「你瞧！我也曾經這麼年輕過呀！」

老媽這種反常行為，過去幾年就像那個叫做「國慶鳥」的候鳥一樣，每年十月一定會出現。這是因為老媽——何艾萍小姐的生日，就在十月二十二日。只要過了十月，她就又老了一歲啦！

不過今年有點奇怪。今天都已經十月十日了，老媽的這些症狀都還沒出現。有時候我也會故意試探一下，小小聲的叫一下「老媽」。她有時高興的應我一聲「什麼事？」，有時不耐煩的回我一句「幹嘛？」，就是沒有出現那句：「我哪裡老了？」

這麼平靜的十月，我倒有點不習慣了。反正今天放假，我來好好的觀察一下老媽，看她在玩什麼花樣。

一大早，老媽就到巷口的早餐店，帶著包子、饅頭、豆漿回來。大家吃飽後，老媽說：

「今天天氣不錯，我們出去走走吧！」

我和老爸互相看了一眼，真有點受寵若驚了。這陣子以來，老媽忙完家裡的大小事情以後，就釘在餐桌前寫稿，今天竟邀大家出去走走，真是難得！

「怎樣？不想去嗎？我一早寄了一封曠世巨著出去，只要那個編輯有長眼睛，鐵定會採用的。我的心情棒透了，你們陪我出去慶祝、慶祝嘛！」

車子沿著仰德大道往上爬，兩邊密密麻麻的公寓，漸漸的被一幢幢大別墅代替了。每一幢別墅都有濃密的綠蔭，有些牆頭還開著美麗的花朵。我搖開車窗，涼涼的風吹了進來，空氣裡有股香香甜甜的味道，還聽得見樹上小鳥啾啾的叫聲。

老爸嘆了一口氣，說：

「這才是人住的地方哪！一棟像這樣的房子，一個把家照顧好的老婆，一個聰明乖巧的兒子，一份成功的事業，這是每個男人的夢想啊！」

媽今天心情特別好，她說：

「房子、妻子、兒子、銀子再加上開著的車子，你是『五子登科』啦！我可沒這麼大的野心，現在有體貼的老公，一個乖巧的兒子，還有一個供我追求的美夢，我心滿意足啦！」

聽起來好像「我的志願」這篇作文的討論課，現在該換我來講了：

「我更沒野心了，我現在的夢想是一杯挑戰杯的可樂，一份雙層漢堡。要是能再來一份炸薯條，那就更棒了！」

說著，說著，車子開過了停車場，開過了花鐘。十月初的陽明山滿安靜的，春天的花季過了，秋天的變色樹葉又還沒來。我們的目的地是後山的噴水池。

車子停在橋邊，我們沿著溪旁的小路往山上爬。旁邊的溪水，有時候從高高的石頭上往下跳，形成一個嘩啦嘩啦的小瀑布；有時又靜靜的停在小池子裡，乾淨得讓人看見底下的小石子。

我脫掉鞋襪，走進水池看看有沒有小魚、小蝦。老爸抓了一把石頭，一顆一顆的往水裡丟。老媽靠著橋墩，不知道在想些什麼。突然她嘆了一口氣說：

「時間過得可真快呀！記得我第一次到陽明山來，還是在大一的時候，現在兒子都這麼大了。」

來了！我就知道老媽那個一年犯一次的毛病又來了！接下去她會說：

「老囉！兒子都國一了，我還能不老嗎？」

好像她會老，全都是被我逼的一樣。然後我們家提心吊膽的生活就要開始了。

可是事情並沒有像我想像中的一樣發生。接下來老媽並沒有說話，她走到池邊，脫下涼鞋，進到水池裡。然後她彎下腰來，竟然——竟然對著我潑水過來。

我也不是省油的燈，打水仗是我最喜歡的活動之一。轉過身來，我開始一輪猛攻，老媽馬上就變成了落湯雞。可是她並不死心，一邊叫一邊躲，還忙著把水潑過來。我們這樣潑來潑去，連老爸也遭殃了，他一身溼溼的在岸上對我們大叫：

「停！停下來！艾萍，你怎麼帶著兒子一起鬧呢？」

我和老媽對看一眼，然後兩個人四隻手，一起把水潑向老爸。

我們在老爸的抱怨聲中回到家裡，電腦裡已經有一封信在等著老媽了！

老媽打開信箱，緊張的說：

「不是退稿信吧？」

媽在看信的時候，我在房裡換衣服。我換好衣服，走到房門口，就聽到了老媽的尖叫聲！

「呀呼！編輯給我來信了！編輯——給——我——來——信啦！」

叫完，老媽一邊拍手，一邊在原地跳個不停。雖然我一直都覺得，老媽比我還像個孩子，可是也沒想到她會樂成這個樣子。

原來是這封電子郵件裡不是冷冰冰的不予採用，還有編輯的小建議。他說這篇故事寫得不錯，可惜結尾有點不合情理，要是作者願意把結尾稍加修改，他們的版面願意刊登這個故事。

作者怎麼會不願意呢？老媽連溼衣服都忘了換，就打算去修改了，還是老爸提醒她，先去換換衣服，再出去填飽肚子，不然全家都要餓扁了。她才想起來，在車上已經答應我，要去速食店吃漢堡、喝可樂的。

接下來的日子，老媽更是快樂得不得了。她好像完全忘了前幾年的十月，她咳聲嘆氣的原因了。她忙完了家事，連休息也捨不得，馬上就開始寫起故事來。我真的覺得好奇怪，怎麼會有那麼多故事好寫呢？

更奇怪的是十月二十二日那天，老爸特別早起，把昨晚偷偷養在浴室的那束玫瑰花，送到剛起床的老媽眼前時，她竟一副什麼都不知道的樣子問：

「今天是什麼好日子啊？」

「十月二十二日，何艾萍小姐的生日。」

聽見老爸這麼說，媽才驚叫一聲：

「啊！我都忘記了！老公，謝謝你！我去把這些花插起來。」

看見老媽還這麼高興，我和老爸都大大的鬆了一口氣。昨天以前，我們一直猶豫著，該不該送生日禮物給老媽？送了，怕她說：

「你們這是提醒我，又老了一歲！」

不送，又怕她說：

「沒人關心我這老太婆了！」

真是難啊！還好今天早上她高高興興插花去了，我和老爸也就匆匆吃了早餐，各自上班、上學去了。

下午我放學回家時，老媽不像往常一樣在廚房忙著，她坐在客廳看報紙，邊看還邊微笑。媽看的不是一般的報紙，而是特別為小朋友編的。自從她開始立志當個作家，就訂了這份兒童的報紙，天天看，天天想，想有一天她的名字會出現在上頭。

今天她看得特別入神，連我回來了她都不知道。

「媽！我回來了！」

老媽抬起頭來，一副中了特獎的樣子，還不斷催我：

「去，去洗澡換衣服。等會兒你爸回來，老媽請你們吃大餐！」

「咦！老媽，怪怪的喔！今天是你生日，怎麼是壽星請客呢？而且，你剛才說『老』媽欸！」

「今天我生日？對了，我怎麼又忘了呢？那這樣算起來，是三喜臨門囉！你看！」

哇！一份報紙和一份雜誌登的都是老媽的作品吔！雖然內容不同，但「何艾萍」三個字清楚的印在兩份刊物上。

「哈！媽，你現在是作家了吔！」

「作家？我還不敢說。不過，總算有個開始了！」

哈！媽竟然有點不好意思的樣子，不過我知道她真的是非常、非常、非常的快樂。我問她：

「那我現在是不是可以放心大膽的跟你說：『生日快樂』了？」

「當然可以呀！你怕什麼？」

我怕什麼？老媽竟然不知道我怕什麼？

6 我的隱私權

我早就說過了，老媽學新東西，可憐的是我，那天她看完了一本叫《少年大頭春的生活週記》的書以後，一直跟我說：「這本書真的很好看，你可以看一看喔！」

說真的，我沒什麼興趣。因為最近我還在拚命做數學。再過一陣子又要月考了，我希望能給夏雲姿一個好的印象。再說看別人的週記，我總有種偷偷摸摸的感覺。而且我自己就最討厭導師以外的人，偷看我的週記。

老媽看我沒反應，也不再說話，靜靜的不知道在想什麼。過了一會兒，她突然問我：「阿昌，你的週記借我看一下好嗎？」

什麼？看我的週記？那怎麼可以？上次老媽跟我剪頭髮的事情，我在週記上狠狠的發洩了一頓，要是被老媽看見了，她不火冒三丈才怪！

「不行啦！」

「為什麼不行？我是你媽欸！你屁股上有顆痣我都知道，你還有什麼不能告訴我的？」

「不是啦！是週記被老師收去了，還沒發回來呀！」

有時候真的是被大人逼著說謊的。這算不算是「善意的謊言」呢？

「那就算了！我只是想多方面的尋找寫故事的材料而已。」老媽說。

「你是不是想寫少年杜世昌的生活週記啊？沒有用的啦！哪有那麼多人愛看週記的？我們導師說每次改我們的週記，煩都快煩死了，一點都不好看。」

「那是因為你們寫得不好看呀！要是我來寫的話，說不定你們老師會把週記改成日記，一天沒看他就睡不著呢！」

欸！這倒是個好主意喔！每次為了週記，我都釘在書桌前面一、兩個小時以上，要是老媽願意幫我捉刀，我就省下一、兩個小時來做數學了。

「媽！這個辦法不錯，這個禮拜的週記，就請你幫我負責啦！」

「沒問題！稿費就一個字一元好了！」

老媽答應得很乾脆。可是還要稿費，我看那就……那就算了吧！

原本以為，我這麼「婉轉」的拒絕了老媽要看我的週記的要求，她就會知道，我是個非常注重隱私權的人，沒想到更慘的事還在後面呢！唉！我就知道，老媽學新東西，倒楣的絕對是我。

就在老媽看完《少年大頭春的生活週記》的兩個禮拜，不對，好像是一個月。不對，好像是……哎呀！我也搞不清楚了，反正是一段時間就對了。我發現班上的同學看到我的時候，表情都非常奇怪。尤其是那群三八女生，我背對她們，她們就嘰嘰喳喳的不知道說些什麼；我轉過去看她們，她們就遮著嘴巴，神經兮兮的一直笑。那副樣子，就好像我有什麼見不得人的祕密，被她們發現了一樣。

今天更是莫名其妙，班上那個胖妹何秀珠，竟然問我：

「杜子，這麼大的人了，還要你媽幫你洗澡啊？」

「你說什麼。」

「沒事！沒事！」

胖妹走開了。要走之前，她還朝那群女生眨眨眼睛。

「神經病！」我心裡暗暗罵了一句。

不久，大尾仔高大偉也問：

「喲，杜子！你晚上跟誰一起睡呀？」

「沒有哇！我都一個人睡的。」

「一個人睡？不對吧！你怎麼把小熊尼尼忘了呢？」

尼尼是我的寶貝熊，從小就是它陪著我長大的。雖然它的毛都磨得糾在一起了，眼睛、鼻子也是老媽用扣子跟它補上去的，可是晚上不抱著尼尼我就睡不著。雖然這不像一個國一男生該有的行為，可是我睡不著要怎麼辦呢？

不過，這件事連水皮都不知道，大尾仔怎麼會曉得呢？

「誰跟你說的？」我瞪著大尾仔，一臉不高興的問他。

大尾仔嘻皮笑臉的說：

「不告訴你！」

我抓緊拳頭，努力忍住想朝他鼻子捶下去的衝動。沒想到他還繼續說：

「你屁股上那顆痣還在不在呀？」

天呀！他連我屁股上的痣都知道了，我還忍什麼？我一拳打在大尾仔的鼻子上，他一把抱住我的腰往下拉，我們兩個就倒在地上，滾在一起了。

大尾仔其實並不「大尾」，他身材瘦瘦小小的，兩三下就被我壓在地上，動彈不得了。

平常我最看不起的就是立法院那些打架的大人了。所以，我只是想警告大尾仔一下，並不想傷害他。我跳起來、拍拍衣服，向躺在地上的大尾仔伸出右手。

他抬頭看看我，想了一下，伸出手讓我把他拉起來。

我問他：

「是誰告訴你這些事的？」

大尾仔用手指指胖妹；胖妹指指貢丸；貢丸指阿江；阿江指……，除了去體育器材室借球的水皮和送作業去辦公室的夏雲姿以外，全班的人都輪一圈了。最後一個手勢指向班上最愛看書的莊淑容。

莊淑容用那種「被踢了一腳的小狗」的眼光看我，好像我是個暴力分子一樣。我實在不喜歡這種眼光，可是我非把這件事情問清楚不可。

我還沒開口，莊淑容丟了一張報紙給我，人就跑開了。

那是一張兒童看的報紙，一面是故事，另外一面是個叫做「親子經驗大家談」的專欄。「一路行來」的題目下，印著作者——何艾萍三個字。看到這裡，我就猜到一大半了，等看完裡面的內容，更證實了我的看法——老媽把我出賣了！她把我從小到大的糗事，當做笑話一樣寫出來給大家看。天哪！我簡直就像脫光衣服，站在全國兒童和他們的媽媽前面一樣。

這節體育課上的是排球，體育老師教我們基本動作——發球。一節課下來，老師說表現最好的是——杜世昌同學。他說我的球發得又高又遠，很有潛力。其實他那裡知道，我是把這些排球當做老媽，狠狠的打過去，來發洩我心中的怒氣呀！

放學回到家裡，我把自己關在房間，想用沉默來表示抗議。沒想到我沒去找老媽，老媽卻來找我了。

「阿昌，老師打電話來，說你今天在學校發生了一些事情，要你自己跟我說。到底是怎麼回事？」

我實在不想講話。但是不講，老媽鐵定不會知道該尊重我的隱私權，而且還會在邊邊嘮叨個沒完，不肯走開。算了！說老實話吧！

「我在學校和高大偉打架。」

「打架？你不是說那是野蠻人的行為？」

「沒錯！可是我吞不下這口氣呀！」

「什麼氣？」

「他笑我晚上抱著小熊睡覺，他笑我屁股上有顆痣。這些事情全班同學都知道了！你知道他們是怎麼知道的嗎？」

我對著老媽大叫！

老媽不講話了，我想她應該想起那篇文章了吧！

過了好一會兒，老媽才說：

「阿昌，對不起，以後我會小心一點，下次不再寫這些事情了！」

「這次就寫光光啦！下次還有什麼好寫的？」我沒好氣的說。

老媽默默的在我旁邊坐了好久，想說話又不知道說些什麼才好的樣子。最後，她嘆了一口氣，站起來走出去了。

我有點不忍心，她走到門口的時候，我告訴她：

「媽，你真的想寫也沒關係，但是千萬別讓人看出來，男主角是我。」

老媽回過頭，對我笑笑，圈起兩個指頭，做了一個「OK」的手勢。

我知道，我找回我的「隱私權」了。

7 媽媽去上學

有的人怕上學怕得要命；有的人想上學想得要命。我是屬於這兩類人中間的那一類。對於上學，有點怕又不會太怕；有點想又不會太想。老媽卻是完完全全屬於想得要命的那一類。每次她跟我提起「當年勇」的時候，那副眉飛色舞的樣子，總讓我可惜自己是她的兒子，而不是她的兄弟。不然，我也可以去上上那個像天堂一樣的學校。

最近老媽更是想上學想瘋了。她說她開始寫作以來，就常常夢見自己要考試了，卻連課本都沒翻過。她認為：

「這一定是太久沒有充電的關係。」

所以當她知道有一個學會，將要開辦一個月的「兒童文學創作課程」時，她馬上就去報名了。

不過，我覺得老爸好像不太高興媽去上課，可是為了保持他一向「民主的作風」，他又不願意明白的說出來。就像上一次我要參加學校舉辦的露營時，他說：

「你想去就去呀！多親近親近大自然也是好的。」

可是等我真的報名時，他又說：

「露營很苦的喔！白天要自己生火煮飯，晚上睡的又是硬地板。還有蚊子小蟲什麼的，你受得了嗎？」

看我興致很高的表示「男子漢，天不怕，地不怕！」時，他說：

「你不是快考試了嗎？數學做得怎麼樣？國文、英文、生物、歷史、地理這些科目呢？上了國中，不能再像國小那麼野了，……。」

老爸就是這麼殺風景的人。後來我還不是高高興興的去露營？吃飽、睡好、玩瘋了之外，回來考試除了數學這科，其他科目都還是水準以上的表現呢！

這次老媽去上課，他還是那句話：

「你想去就去呀！多學點東西也是好的。」

可是後來他又一大堆問題：

「這地點好像是在臺北市吧？我沒時間接送你，你自己又不會開車，我看算了吧！」老媽早就準備好接招了：

「沒關係！我搭捷運轉公車過去。我已經找到一條路線，只要換一次車就能到上課的地方了，一點都不麻煩。」

老爸想了想，又說：

「一個月哋！時間滿長的。你白天忙家事忙了一天，晚上還要趕著去上課，我怕你身體受不了喔！」

「你放心！你老婆壯得像頭牛一樣。家事我照樣做好，晚上的課是我的興趣所在，一定會上得很愉快的。」

後來，老爸連我也扯進來了：

「那阿昌怎麼辦？總得有人陪陪他呀！」

我看老媽想上課的心情，就像我想去露營的心情一樣，我應該替她說說話才對。

「爸，我都國一了，沒什麼好擔心的啦！再說，你也在家啊！要是媽沒空做晚餐，漢堡、炸雞或者是泡麵，我都是來者不拒，哈！」

沒想到老媽不領我的情，她說：

「這個你更可以放心。我會把飯菜做好再出門；用過的碗筷放在洗碗槽裡，等我回來再洗。」

老爸再說些什麼，就有礙「民主風度」了！

老媽開始上課後，簡直是快樂得讓人有點受不了。她一向話就多，現在更是說個不停。老爸對於她上課的話題，總是嗯嗯啊啊的沒什麼反應，所以只剩下我可以當「忠實聽眾」了。

這天晚上，她下課回來，抱著一堆新買的書。一進門，看我坐在沙發上看電視，她說：

「阿昌！來，我給你看本很棒的書。」

我向媽遞過來的書看了一眼，封面是深深淺淺的一片藍色，下面三分之一的地方，有一塊鑲著綠邊的黃土地。地上一座小小、白色的燈塔，天空中，一團白雲的旁邊，寫著四個字——藍天燈塔。

我把書接過來翻了一下：字很多，圖畫只有一點點。我把書還給老媽：

「你知道我喜歡看的是漫畫呀！這本書字那麼多，我哪有時間看哪？我剛才還在房裡看書呢！剛坐下來看電視，你就回來了。不相信的話，你可以問爸爸。」

老爸跟媽點點頭，媽卻說：

「我不是怪你沒讀書在看電視。這本書真的很好看，你沒時間看沒關係，我已經看完了，我講給你聽好了。」

我不喜歡看字很多的書，不過有人願意講故事給我聽，我倒是滿喜歡的。

「好吧！反正這個節目剛才我沒看，現在也接不下去了！」

「那我就開始囉！」

真是的！老媽這個說故事的人，比我這個聽故事的人還高興呢！不過也不能笑她，比起旁邊的老爸死盯著電視不放，我肯坐下來聽她說故事，已經算是很好的啦！

我找了一個最舒服的姿勢，半躺在沙發裡，媽就開始說這個「你不聽就會後悔一輩子」的故事了。

「有一個叫桑可的孩子和他的朋友阿邦，一起到東部濱海公路旁的沙灘上露營。他們想收集一些貝殼，完成暑假作業。出發的那天，是農曆七月十五，中元普渡的日子。路上，有一些巧合得離譜的事，讓原本打算和他們一起出發的兩個女生，暫時打了退堂鼓。他們雖然覺得，這個巧合有點邪門，但是兩個男孩子還是騎著腳踏車，勇往直前去了。可是更邪門的是，這個體重相當於一包水泥的桑可，後來竟然被風箏拉上了天，不知道飛到那裡去了。這個風箏還是桑可自己做的呢！站在旁邊的阿邦，只看見桑可飛起來了，他叫也沒叫的抓住風箏線，飛過公路，飄飄盪盪，忽高忽低。就這樣跟著風箏飛向燈塔頂端。」

欸！聽起來有點鬼故事的味道喔！老媽寫東西的功力怎樣，我是不知道；她說故事的功夫可是一流的。聽到後來，我連旁邊的電視機聲音也聽不見了，只有老媽的聲音隨著故事的情節，忽大忽小，時快時慢的送到耳朵裡來。

等到她停下來喘口氣的時候，我才發現，不是我沒聽見電視聲音，原來是老爸把電視關了，也坐過來聽媽說故事。

老爸發現媽停下來看著他，不好意思的笑笑：

「這電視節目真是無聊透頂，不看也罷！我先去睡了，你們也早點睡啊！」

老爸摸摸臉頰進房去了。被他這一打岔，媽想起了有堆碗筷還沒洗，她說：

「我得去洗碗了，不然等會兒蟑螂到處跑，噁心死了！」

老媽把書放在茶几上，洗碗去了。我把書拿起來，想看看這個被風箏拉走的男孩，後來怎麼樣了。

才翻開封面，我突然覺得好像很久沒上廁所了。唉！聽故事都聽呆了，還是先去「解放」一下吧！我又把書放回茶几上。

等我從廁所出來，書已經不在那裡了。我問還在洗碗的老媽：

「媽——，書呢？」

「什麼書？」

「你剛才講故事的那本書啊！」

「在茶几上呀！」

「沒有嘛！」

我和老媽「情歌對唱」一樣唱了半天，我還趴在地上，沙發底下也看了，就是找不到那本書。算了！改天再看吧！不過，心裡癢癢的，好像有什麼重要的事沒做一樣。

又過了幾天，老媽就這麼「快快樂樂上學去，平平安安回家」的上了半個月的課，可是這天晚上，早就過了老媽該到家的時間了，還是沒見到她的人影。

老爸在客廳和陽臺之間，來來回回的不知道走了幾遍。剛開始他說：

「這麼晚了，還不回來，也不知道晃到哪裡去了。」

過了一會兒，他說：

「有什麼事也該打個電話回來呀！」

後來，老爸拿了一件外套準備出門：

「一定是發生事情了，我得去看看才行。」

這時電話鈴聲響了，我拿起聽筒，一個很好聽的，女生的聲音：

「喂，何艾萍小姐家嗎？」

「是！是！我是她的兒子。」

「我是你媽媽文學創作班的同學，她下課時，人覺得很不舒服。

我送她到急診室，打了兩針，現在好多了。醫生說沒什麼關係，可以回家了，你們不要擔心，等會兒我會送她回去。」這聲音聽起來好熟悉，一時又想不起在那裡聽過。

我和老爸在巷口等了半個多鐘頭，終於有輛車慢慢靠近我們，然後轉進巷子，在我們家樓梯口停下來。

老爸跑得比我快，等我衝到車旁，他已經扶著老媽了，那個小姐正準備上車。

媽的臉色白得嚇人，她指指小姐說：

「叫許阿姨！」

「許阿……，老師！」

我真沒想到，這許阿姨竟是班導許玉美。她也吃了一驚：

「世昌？怎麼是你呢？」然後她「啊——」的叫出來：

「我想起來了！剛開學的親師座談會，我們見過一面的呀！何小姐。不過那時是叫你杜太太。難怪！一直覺得好像見過你，原來是世昌的媽媽！沒認出來，真不好意思！」

「不好意思的是我。就覺得你的聲音耳熟，竟然沒想到是老師！真是！前陣子才和老師通過電話的呀！」

「喔！你是說世昌和大偉的事呀！那次本來就想跟你談談寫作的事，我自己也寫些東西，想跟你經驗分享一下，又覺得有點冒昧，所以……」

看來這兩位小姐有繼續聊天的意思。我最清楚她們倆了。一個愛說，一個話多，這一聊，不聊到天亮才怪，老爸大概不知道這個厲害關係，一個勁兒的邀老師：

「老師！上去坐坐，上去坐坐吧！」

老師看看錶：

「呀！十二點多，快一點了，實在太晚了！何小姐人又不舒服，我們改天再聊好了，再見！」

「謝謝！謝謝！」聲中，老師回去了。我們把媽扶上樓，她告訴我們：

「醫師說這是感冒引起的，輸送血液到大腦的血管產生輕微痙攣，所以腦部血液不夠時，就有天旋地轉，不能走動的情形發生。打了針、吃了藥，好好睡一覺就行了，你們不要擔心。」

這醫生還真靈！第二天早上，老媽就起來和我們一起吃老爸煮的稀飯了。傍晚，她弄好飯菜，又準備去上課了。老爸說她：

「身體不舒服，你就別逞強了。請一天假，有什麼關係？」

「不行，今天是我的偶像要來上課。為了看他的廬山真面目，我等好久好久了。我今天一定得去才行。」

老媽意志堅決，出門去了，老爸想了一下，抓起外套追了出去，在門口回頭跟我說：

「我送媽媽去上課，你先吃吧！」

8 我的新偶像

「對！對！對！就是那本。我也好喜歡哪！那兩個老人家的彆扭脾氣，就跟我家那個老叔公一模一樣。不過那群孩子更可愛……。」

我等老媽把電話放下，已經等了半個多鐘頭了，我看她還沒有講完的意思，不知道我還要等到什麼時候呢！

老媽兒童文學創作班的課雖然結束了，可是她那群興趣相投的朋友，還時常有聯絡。每天吃過晚飯的這段時間，就是她的快樂時光。電話一打就是一個多小時。我抗議了幾次，都沒什麼效果。我跟老爸說：

「爸——，管管你老婆好不好？我想打電話都不能打了啦！」

「哎呀！她在家裡悶了一天啦！這是她的休閒活動嘛！你就再等一下吧！」

我賭氣的坐在老媽正前方的位置，張大眼睛盯著她看。不過，她一點感覺都沒有，還是眉飛色舞的說個沒完，甚至還比手劃腳起來。

老媽現在這個樣子，就跟我們班上那些三八女生說起自己偶像的時候一樣。她們自己講得吱吱喳喳，非常有趣；別人聽見，卻覺得一點營養都沒有。

像那個胖妹何秀珠和坐在她旁邊的林秀巧，她們兩個是標準的許光漢粉絲。兩個人沒事就許光漢長、許光漢短的。為了要他的親筆簽名，在電視臺門口站崗，一站就是四、五個小時，真不知道是那根筋壞了。

更離譜的是，有一次水皮不小心說了一句：

「我覺得許光漢笑得有點假。」

她們竟然去找水皮算帳說：

「什麼叫做有點假？這話是侮辱許光漢，侮辱許光漢就是侮辱我們。徐金波，你要是不趕快道歉的話，給我們小心一點。」

水皮平常跟我們大聲小聲的，一副雄糾糾、氣昂昂的樣子。可是一遇到女生，他就像洩了氣的皮球一樣，軟趴趴的，沒個男生樣子，甚至連說話都有點結巴呢！

水皮被這兩隻母老虎嚇得跑去躲起來。從此許光漢在我們班建立了「東方不敗」的地位，沒人再敢批評他什麼了。

我雖然不討厭許光漢，但也不像那些女生，把他當做神一樣。其實，我早在國小一年級的時候，就認清楚「偶像也是人」的事實了。記得那時候，我好崇拜我的級任老師。她那長長的黑頭髮，圓圓的大眼睛，就像童話裡的仙女一樣。可是有一天，我看到老師從廁所裡走出來，我真的嚇了一跳。沒想到老師也要上廁所，她跟我一樣嘛！

這是滿悲慘的一件事，不過也沒辦法，這是事實！所以，等媽放下了電話筒，我跟她說：

「媽——，沒用的啦！你們把這個人說得再好，他也不會變成神呀！」

「什麼人啊神呀的，你在說什麼？」媽大概還陶醉在快樂時光裡，竟然聽不懂我在說什麼。

「我是說你剛剛在電話裡談的那個作者，什麼取材取得正好，情節安排很緊湊，我是聽不懂啦，不過我知道，他——，只是一個『人』！」

「欸！你這樣說很不公平喔！每次講到老蕭或是恰恰，你還不是高興得什麼似的，為什麼我就不行呢？」

「那不一樣！老蕭和恰恰真的很厲害。他們……。」

「他們怎麼厲害我都已經會背啦！我的問題是，你怎麼知道我們談的那個作者不厲害呢？」

「我又沒看過他，怎麼知道他厲害？」

「對！所以你該看看他的作品哪！我先拿幾本給你看，你看完再說。」

糟糕！我中計了！本來是想說服老媽，講電話別講那麼久的，沒想到現在反而非看那些字很多的書不可了！

「媽！你知道我功課很多，我還要……。」

「少來！你要是不想看那些厚厚一大本的，那你先看這個好了。」

那是一本素描簿，老媽當做剪貼簿來用。裡面貼了一篇一篇從報上剪下來的文章。雖然字還是很多，不過一篇並不太長，我還可以接受。

第一篇是：〈水柳村的抱抱樹〉。寫的是只有河道，沒有馬路的水柳村，有一棵成了精的老柳樹，看見什麼都要抱一抱才甘心。它抱過新郎、抱過猴子、螃蟹，還抱過水缸。抱得水柳村的居民不知道怎麼辦才好。後來才發現是老柳樹非常喜歡村民，想要抱抱他們。那些村民小的時候，都和老柳樹抱得緊緊的，長大了反而害怕抱抱了。所以才會鬧出這些事來。大家弄清楚原因後，都高興得一個一個去和老柳樹抱抱了。

這棵老柳樹讓我想起了外婆。她到現在看到我，都還像我幼稚園的時候一樣，一把抱過來「昌昌！昌昌！」的叫不停。弄得我不知道怎麼辦才好。這個作者有意思，他不會也認識外婆吧？

第二篇的名字有點奇怪，叫做〈洪不郎〉。看完之後，我才知道，那是他們同學的外號。他們球隊裡有個同學的守備位置從捕手到投手，然後從一壘手、二壘手、游擊手，到三壘手整整繞了一圈，所以大家叫他「洪不郎」，就是全壘打的意思。

這一篇也滿有意思的，可是看完了，心裡有點難過。洪不郎的老爸那副「有錢就是大爺」的嘴臉，真是噁心！竟然支使教練安排他兒子的位置，也不看看自己兒子幾兩重。不過我滿同情洪不郎的，有一個這樣的老爸，哪還能快快樂樂的打球呢？

第三篇……第四篇……，就這樣把一本剪貼簿看完了。

「媽，還有沒有？」

「什麼還有沒有？」

「剪貼簿啊！」

「沒了！要看，你得看長篇的了。阿昌，要有點耐心，才能享受閱讀的樂趣啊！你不是把《藍天燈塔》看完了嗎？」

「藍天燈塔？你是說那個被風箏拉走的男孩？我哪有看完？我一直找不到那本書呀！」

「咦！那就奇怪了，是誰把書放回書架上的？」

「不是我，不是你，那就一定是老爸！」

「你爸？他也有興趣看這個書？不可能吧！算了！不管了！你想看的話，那本書現在就在架子上。」

我花了一個晚上的時間，一口氣就把《藍天燈塔》看完了。哇！有一種很舒服、很滿足的感覺在心裡。好像剛參加一個刺激的夏令營回來，又好像去過了那個風很大，大得可以把人吹上天的海灘，遇見了書上那些年紀跟我差不多的年輕人。

如果這些故事真的是同一個人寫的，那他真的是滿厲害的，有資格當我的第三位偶像的候選人。

第二天在學校，我想跟水皮介紹這個候選人。沒想到他說：「杜子，我那來時間看那些閒書？我要做功課，準備考試，還要打電動玩具，還要看那兩個調皮搗蛋的弟弟。我才沒你那麼好命！」

水皮家像「男生宿舍」一樣，除徐媽媽以外，算上水皮爸爸一共四個男生。水皮是老大，下面兩個弟弟。爸媽去擺麵攤，水皮就是「宿舍總管」了。

好吧！那就跟夏雲姿聊好了。可是說實在的，雖然她當我的數學小老師那麼久了，我只敢問她數學問題，要說到其他問題，舌頭就不聽指揮了。真奇怪！我在別的女生前面，可不是這個樣子的。偏偏在她前面做什麼事都不對勁！

至於班上其他的人，我是懶得跟他們說了。說了他們也不會懂的。唉！有個偶像崇拜已經不容易了，想有個好朋友來談談共同的偶像，那就更難囉！

下午回到家，我跟老媽說的第一句話是：

「媽，你見過那個作家嗎？」

老媽很有默契，馬上就知道我說的是誰了。她高興的說：

「當然見過。上次我感冒被你們老師送回家的第二天，就是他來給我們上課的。我還把他上課說的話都錄下來了，你要不要聽聽看？」

聽完老媽的錄音帶，我決定了！這個人就是我的新偶像，書上寫的故事當然是沒話說了，錄音帶的內容，談的是他寫這些故事的經過，和一些鼓勵像老媽這種「新人」的話。他把寫作的經過說得像故事一樣精采，還有一句話更棒，他說他的座右銘是：誰怕誰呀！只要努力的寫，不必怕編輯不用，不必怕別人寫得比自己好，不必怕……。

這是一句好話，我欣賞！哼！數學，誰怕誰呀！聯考，誰怕誰呀！

「媽，哪裡有這個人的海報可以買？」

「幹嘛？」

「他是我的新偶像，我要買張他的海報貼在房間裡呀！」

「我看你把他的書擺在房裡就好了，書上就有他的像片啦！」

「這樣不好！媽，以後你變成『偶像級』的作家時，還是要出幾張海報才好，不然你的讀者會很失望喔！」

「沒問題！等我變成你的偶像，一定會送你一張四十吋的大像片。至於其他的讀者嘛！只有抱歉啦！」

老媽變成我的偶像？也不是沒有可能喔！只要她繼續努力，就有希望。

因為……誰怕誰呀！

9 你是我的巧克力

「你說她會喜歡吃巧克力嗎？」我問水皮。

水皮只顧著看貢丸他們在籃球場上鬥牛，根本沒聽見我說什麼。等阿江閃過貢丸投進一個球，他才回過神來問我：「你跟我說話嗎？」

「沒有！我在自言自語。」

算了！水皮是男生宿舍的總管，他哪會知道女孩子的心思呢？可是我不理他，他卻來煩我了。

「自言自語？這很麻煩的。我聽人家說，平常人沒事是不會自言自語的。自己跟自己說話的人，多少有點……。」

水皮用中指疊在食指上面，指指腦袋。

「你少在這裡胡說八道了！我剛剛是問你，知不知道夏雲姿她喜不喜歡吃巧克力？」

「夏雲姿喜不喜歡吃巧克力？這我怎麼會知道？你應該比我清楚才對呀！咦！你問這個幹麼？」

「我……，唉！她昨天不是邀全班同學星期六到她們家去玩嗎？我聽莊淑容說，那天是夏雲姿的生日，她要請我們吃蛋糕，不過她不想收禮物，所以沒說生日的事。」

「這有什麼問題？她不收禮物，我們就省下來啦！反正她們家就是賣蛋糕的，又不會被我們吃倒。」

「可是……，我想送她禮物呀！」

「你什麼時候變得這麼客氣了？哎呀！隨便一張卡片，還是其他什麼的就好了嘛！」

「不行！我想送點特別的。你看送花比較好，還是巧克力好？」

「花還是巧克力？幹嘛？你錢太多啦？」

我真不知道水皮今天是怎麼搞的。怎麼我說的話他都不懂了呢？以前只要我一個表情，他就知道我在想什麼的呀！看來，我要說得更明白一點才行。

「不是錢太多，是我媽生日的時候，我老爸都是這樣送的啊！」

「她又不是你媽，你也不是你老爸，為什麼……。」

水皮突然不說了。然後他擠眉弄眼，嘻皮笑臉的說：

「哦——，我知道了！我知道了！你喜歡夏雲姿，你愛上——。」

我趕快摀住水皮的大嘴巴，看看四周有沒有人聽見我們說的話。還好場上鬥牛鬥得厲害，誰也沒注意到榕樹下鬼叫、鬼叫的水皮。

「愛上你的頭啦！你要讓全天下的人都知道嗎？」

我等水皮安靜下來才把手拿開，他喘著氣說：

「你送花再加上巧克力好了。這樣她就一定能知道你的意思了！」

「那可不一定喔！最好再加上……。」

榕樹後面走一個女生來，是那個愛看書的莊淑容。

「你怎麼躲在後面偷聽人家說話？」

看到她我真是又急又氣，想起上次她把老媽的文章傳給全班看的事，現在我真恨不得把她的嘴巴封起來。

「杜世昌，你不要隨便冤枉別人。是我先來這裡看書的。我還沒怪你們吵得我看不下去呢！你倒先罵人了！」

「拜……拜託！別……別吵了！」水皮看到女生就結巴的毛病又犯了。

「好！吵到你了，我跟你道歉！不過，你不能……。」

我真擔心又變成全班的笑話，正想警告莊淑容，想不到她打斷我的話說：

「放心！我不會告訴別人的。上次我把你媽的文章給班上同學看，其實不是要取笑你，而是高興我同學的媽媽是作家。沒想到他們竟然用裡面的事情來笑你。我真的覺得很抱歉，所以這次我想幫你的忙，絕對沒有要笑你的意思！」

「那你剛剛說還要加上什麼？」

「信呀！用那種粉紅色的信紙，裝在粉紅色的信封裡。哇！說有多羅曼蒂克就有多羅曼蒂克！」

「情書！」

「情……情書！」

我和水皮異口同聲的叫出來。不過水皮比我慢了一個字，他結巴。

「是啊！我覺得情書比花和巧克力都還要能打動女孩的心。」

莊淑容真的是非常愛看「書」啊！說到這兒，她又把老媽抬出來了：

「杜子！別告訴我你不會寫喔！你媽可是個作家呢！好了！我的忙就幫到這裡。你放心！我不會把這個新祕密告訴別人的。」

莊淑容小姐走了，希望她能說到做到。阿彌陀佛！

「你會寫情書嗎？杜子！」

女生不在，水皮的結巴也好了。他這個問題正問到我的「要害」。我好像遺傳到爸爸的東西比較多，這封信怎麼寫？還真要命哪！

我花了兩個晚上的時間，還是沒什麼進展。粉紅色的信紙上，就只寫了一句：

「你是我的巧克力。」

這還是我從電視廣告上學來的，我自己都覺得肉麻。可是，如果連這一句都擦掉，就真的是一片空白了。

現在是星期五晚上九點，再過三個鐘頭就是星期六了。星期六。星期六，星期六下午就要把禮物送給她了，我的信紙上才寫一句話。我看，不要寫好了。可是莊淑容說的，「情書比花和巧克力都還要能打動女孩的心」，一直在我心裡響著。為了打動她的心，還是寫吧！

九點半，我還是對著「你是我的巧克力」發呆。這時候，老媽拿了一份三明治進來。

「阿昌！休息一下，吃個點心。」

粉紅色的信紙來不及收，被老媽看見了，她看著信紙上那句話，靜靜的，不知道想些什麼。我心裡有點不安，我從來沒想到，要和媽談我對夏雲姿的感覺。要是她知道我現在在做什麼的話，不知道會不會生氣？

過了好一會兒，媽才說話：

「水皮說的沒錯，真的是英雄難過美人關呀！看來我們家的英雄是遇見美人了。怎麼樣？需不需要我幫忙？」

有沒有搞錯？老媽不但沒訓我一頓，反而要幫我的忙。這其中一定有詐，我看我還是小心為妙。

老媽看我悶不吭聲，竟然開始說服我了。

「安啦！寫情書我最拿手的了，你記得上次來家裡的黎阿姨吧！她不是說她和她先生的婚事，還是你老媽的情書促成的嗎？對老媽有點信心好不好？」

雖然心裡還是怪怪的，可是我也找不到其他人求救了，既然老媽大力支持，我就把事情從頭到尾告訴她了。

聽完我的話，老媽拿來一張白紙，刷、刷、刷的開始寫了起來。前後不到十分鐘，甚至中間也沒停下來半次，老媽就把信寫好了。我有點懷疑，她是不是早就寫好了，現在只是背出來而已。

寫完，媽把紙遞給我，說：

「你看看可不可以？要是覺得不錯，就抄到那張粉——紅——色的信紙上去吧！」

我不理會老媽把「粉紅色」拉長聲音的取笑，就急著看老媽到底是怎麼寫的。

親愛的雲姿同學：

謝謝你犧牲自己的時間來指導我數學功課。能和你一起討論功課，我覺得自己是天下最最幸運的人。這段日子以來，你對我的耐心和溫柔，我一刻都不能忘記，甚至連晚上作夢，都還會夢到你呢！

很高興能參加你的生日聚會，巧克力代表你給我的感覺，玫瑰花代表我對你的感情，希望你能接受，不要拒絕。最後以最誠摯的心，祝福你

生日快樂

仰慕你的人　世昌　敬上

這封信有點肉麻，又不會太肉麻，剛剛好可以把我的感覺表現出來，老媽真的滿厲害的，不過我還是把最前面「親愛的雲姿同學」那個親愛的劃掉，把最後「仰慕你的人世昌」改成「你的同學杜世

昌」。

當我把信的內容一個字、一個字的抄在信紙上時，老媽坐在旁邊跟我聊天。

「阿昌，你想夏雲姿看了這封信以後，會不會收下你的禮物？」

「大概會吧！」

「如果她拒絕了呢？或她收了你的信，把信貼在教室的公布欄上，你怎麼辦？我曾聽過這樣的事情喔！」

「不會啦！她不會這麼差勁的。我相信我的眼光。」

「好！如果她真的收下你的禮物了呢？」

「那就表示她也喜歡我啊！」

「然後呢？」

「什麼然後？」

「就是你喜歡她，她喜歡你，以後呢？」

老媽這個問題還真麻煩，我就是喜歡她而已啊，那想到什麼然後、以後的？可是老媽還是繼續說下去：

「你是不是打算兩人一起唸高中，一起唸大學，畢業以後，就結婚生孩子，然後……。」

老媽說到這裡，我已經把信抄完了。我打斷她的話說：「媽，你想得太多了吧！什麼結婚生孩子，說不定高中、大學我們沒有同校，說不定……。」

我一時想不出還有什麼「說不定」，但是現在就提到結婚總是太早了吧？

「對呀！我怎麼沒想到呢？說不定以後她不喜歡你了，說不定以後你遇見別人了，說不定……有太多的說不定了，現在談這些，真是太早了一點。」

老媽說完就出去了，我卻呆呆的坐在那裡。我知道，我又中計了！賭氣的想，不管老媽說什麼，我還是要把禮物和信一起送出去。可是，又想到如果上高中、大學，我真的又喜歡上那個女生的話，那怎麼辦？又想到……。

想到最後，我的決定是把信留下來當紀念，把玫瑰花送給老媽，巧克力還是送給夏雲姿，畢竟她是我國中一年級的時候，最喜歡的女生。

10 媽媽超人

當我拿到這次月考成績單時，真不知道高興好，還是難過好。數學八十七分！這可是我國小五年級以來，從沒有過的好成績。老媽鐵定會問我：

「咦！今天早上太陽從那邊出來？」

難看的是，英文七十六之外，其他所有的科目，都在五十分到五十九分之間。也就是說，除了英文、數學之外，我全部不及格！

班導在成績單上的「導師的話」那一欄寫著：

「勝敗乃兵家常事，不必氣餒。但要找出失敗的原因，對症下藥，才能奠定以後成功的基礎。」

其實失敗的原因，我自己心裡清楚得很。最近這一段時間，為了得到夏雲姿的好感，我幾乎時時刻刻都在做數學，就把其他科目放到一邊去了。

這真是很為難，那麼多科，顧了這邊，顧不了那邊；顧了那邊，就顧不了這邊。

不過眼前最難的，還是怎麼把這張成績單交給老爸和老媽看。老媽還好，我在學校做什麼她都知道，應該不會罵人才對。老爸就麻煩了，怎麼辦呢？

可是奇怪的是，老爸罵的人是老媽，不是我。他說：

「我兒子不是笨，數學進步那麼多，表示他能讀嘛！其他科目搞成這樣，一定是哪裡出了問題，在家沒上班的人都不管，將來沒有學校唸，看要怎麼辦！」

老媽聽了這些話也火了，她說：

「我是在家沒上班，可不是在家沒事做。兒子考不好，我們要找出原因來，跟誰管不管兒子沒關係。你還不是……」

老爸不等媽講完，就吼了回去：

「你當然不是沒事做，你要做的事可多了！寫作、寫作，你能寫出什麼名堂來嘛！兒子成績爛成這樣都不管，你盡到做母親的責任了嗎？」

「我早就知道我寫東西你不順心，你就直說嘛！何必扯到兒子頭上去？我……。」

「不──要──吵──了──！」

我叫得比他們兩個還大聲，等他們停下來看我，我說：「我自己的事我自己負責，下一次不會這樣了。」

說完我就回房裡，把門關上，不想再管他們兩個了。

不久，老媽敲門進來，我先跟她說：

「媽，對不起！害你挨罵了。」

「不關你的事。你老爸是藉題發揮，他根本就不想要我寫出什麼名堂來，他……，算了！不提他了。我是想跟你討論一下，這次考試怎麼會弄成這樣？」

「我想是我把時間都放在數學上面了。我現在覺得時間不夠用，看了這科就顧不了那科，看了那科又顧不了這科，不知道怎麼辦才好。」

「這是時間分配的問題了，我覺得你應該把時間分段，然後分配給不同的科目。如果一段時間不能把一科讀好，應該另外找時間，不能佔了別科的時間。或許你要晚點睡，或是減少看電視、打電動的時間。再不然，連課外書也要少看了。」

老媽的話還滿有道理的，我是要好好分配時間才對。

老媽出去沒多久，老爸來了。他說：

「阿昌，你怎麼搞的？以前不是這樣的啊！」

我把原因和以後的做法都跟老爸說了，聽了以後，他點點頭：

「好吧！那就這樣了。」

他站起來，準備出去的時候，我忍不住跟他說：

「爸！這件事不能怪媽媽，是我……。」

老爸揮揮手：

「沒你的事，你不要管。」

怎麼會沒我的事呢？明明就是我的成績引起他們爭吵的呀！現在我像個沒事人一樣，老爸和老媽卻「陷入冷戰」了。

嗯——我也不是完全沒事。冷戰開始，我就變成「傳令兵」了。

老爸明明就坐在客廳，老媽硬是要跟我說：

「阿昌，去叫你爸吃飯。順便告訴他，我今天晚上要去聽演講。」

老爸也是一樣，跟媽說話一定得透過我：「阿昌，跟你媽說，把我那套鐵灰色的西裝燙一燙。明天晚上總經理請吃飯，我要穿那套西裝。」

說起來，這個任務還真煩人，但是「冷戰」是因我而起的，我多少得負點責任。剛開始，我老老實實的把他們的話，一個字一個字記下來，然後到另外那個人前面背一遍。後來，我在電視上學到了一招。那也是個父母冷戰而充當傳聲筒的小孩，他雖然跟我一樣沒有手機，不過大概是經驗豐富，隨身攜帶了一隻錄音筆。把爸爸的話錄下來給媽媽聽，把媽媽的話錄下來給爸爸聽。這樣他就不用花腦筋去背那兩個無聊人的話了。

這個辦法滿好的。我就這樣錄了很多老爸和老媽跟我談的話。本來我是想把舊的內容洗掉，錄上新的內容就好了。後來我覺得這些話很好玩，就把它們留下來了。

有一天晚上，老爸出去了。老媽把那些話拿來聽了又聽，突然對我說：

「阿昌，真是難為你了！」

「什麼事情？」我聽不懂老媽在說什麼。

「這些錄下來的話啊！大人爭吵，不應該把小孩也扯進來的。」

「是我不好才讓你們吵起來的。」

「不！這件事跟你一點關係都沒有。是爸爸不喜歡媽媽寫作，一直找不到機會說出來，剛好你的成績退步了，爸爸才藉這個理由來責備我。」

「可是成績退步是我的事，跟媽有什麼關係呢？」

「爸爸認為有。他以為如果我花時間陪你，注意你，你就不會退步了。而且他還認為沒有把這件事做好，是我不對。」

「那怎麼辦？」

「我想了很久，也想了很多。我打算……，我打算不再寫了。」

「不行啦！你不是要當我的偶像嗎？你不是說誰怕誰的嗎？媽——，你要繼續寫下去啦！」

老媽臉上的笑容讓我想要哭，她卻安慰我說：

「其實我是你第一個偶像才對！記不記得你小時候說我是『媽媽超人』，不管你問什麼，我都知道答案；不管你要什麼，我都會弄出來給你。所以，我早就是你的偶像了。對不對？我想，當你的『媽媽超人』就好了。其他的，就別再想了。」

老媽現在的心情，一定和前陣子，我決定把夏雲姿當普通同學的時候一樣，酸酸的、苦苦的，卻又有種鬆了一口氣的感覺。

後來，老爸和老媽是什麼時候開始說話，怎樣開始說話的，我一點都不知道。等我突然發現，好像很久沒用錄音機時，已經過了好幾天了。

這幾天，真的沒再看到老媽在餐桌上寫東西了。她把烤箱、棒針那些工具又翻了出來。下午放學回到家，我就有蛋糕當點心。晚上吃過飯，老媽就抱著一團粉藍色的毛線，說要打件毛衣自己穿。

看得出來，老爸這幾天很高興。下班回來，他會帶束花給老媽。吃晚飯，他也不斷的說些笑話給大家聽。可是，老媽就不是這樣了。她把老爸送她的花插好，擺在客廳最顯眼的地方；她聽了笑話，也跟著大家一起笑。但是，我就是覺得，她不快樂。問她，她卻說：「沒事！我很好，你想太多了！」

真的是我想太多了嗎？本來我是相信老媽的話，不再想這件事了。可是那天班導找我到辦公室，她問我：

「媽媽最近還好吧？」

我不太懂老師問的是什麼，對她點點頭，又搖搖頭。

「這是什麼意思？」老師笑著問我。

「我媽很好啊！她除了平常的家事之外，還烤蛋糕、打毛衣。跟我們也是有說有笑的，所以我點頭。可是，我覺得不太對。自從她決定不再寫作以後，就怪怪的，可是我又說不上來那裡不對。」

「媽媽決定不再寫作了？難怪最近打電話給她，總覺得她懶懶的，不像以前那麼起勁。」

「對，對，就是這樣。她就是一副懶懶的樣子，不管做什麼，好像都覺得沒有意思。」

還是老師厲害，我說不出來的感覺，她一下就講出來了。她又問我：

「你知道媽媽為什麼不再寫作了嗎？」

「應該是為了我吧！」

「怎麼說呢？」

「爸和媽為了我的成績退步，狠狠的吵了一架。爸爸說是媽沒把我管好才會這樣。他們冷戰了好多天，後來媽就決定不寫了。」

老師聽完，想了一下，跟我說：

「下午放學，我跟你一起回家，跟你媽媽好好聊一下。」

放學時，我坐老師的車回家。老媽開門的第一句話竟然是：

「阿昌，你怎麼啦？」

「沒事！沒事！何姐，我是專程來找你的。」老師替我回答。

「喔！對不起，玉美。我以為這小子又闖禍了。快！進來坐吧！」

哇！「何姐」、「玉美」，我一點都不知道她們已經這麼熟了。看來老媽以前那段「快樂時光」，電話線那頭一定有不少次是許老師。

等她們坐好，老師跟我說：

「世昌，我想跟媽媽單獨談談，好不好？」

這是老師在學校常用的招數，我一點都不覺得奇怪。背起書包就到房裡去了。

可是在房裡我卻靜不下心來做事。我當然知道她們不是在說我的壞話，不過我還是覺得好奇，老師跟老媽說些什麼呢？

為了不讓想去偷聽的念頭擴大，我放了一張老蕭的專輯，跟著他的歌聲哼起來。

所有的歌都聽過了，老媽來敲我的房門，說老師要回去了。

我出來送走了老師，迫不及待的問媽：

「老師跟你說什麼？」

「喔！她要我想清楚，為什麼要寫作？又為什麼不寫了。」老媽邊說邊進廚房。

「你想出來了嗎？」

「還沒！我需要長一點的時間才行。」

11 兩本作文簿

今天是星期天，老爸在家裡開「攝影個展」。他把他最近拍的照片，挑出喜歡的列印出來，加上護貝，現在全貼在客廳那面空白的牆上。

本來我窩在沙發上看小說，老媽在充當貯藏室的後陽臺整理東西。老爸把我們叫到他的作品前面，開始「自我陶醉」起來。

「你看這張。從中正紀念堂的拱門裡，拍出新光三越的高樓來，象徵著傳統與新銳的衝突。這個角度不是普通人找得到的喔！」

「還有這張淡水夕照，光線抓得多準！那艘漁船更是有畫龍點睛之妙。你看……。」

天哪！還有將近二十張的照片，老爸要是都這樣一張一張的介紹，那我這個星期天不就泡掉一半了嗎？趁老爸說得忘了還有其他人存在的時候，我又溜回沙發去看書。

老媽比較有風度，她陪老爸看到第六張才說：

「這些照片我滿喜歡的。不過我在整理後陽臺的東西，現在才弄到一半，堆在那裡很不方便。等我整理好了再來看好了。」

老爸看觀眾都溜了，心裡大概很不痛快，他說：

「你們真是人在福中不知福呀！這麼好的作品就在眼前，卻不知道好好欣賞。人哪！總要培養一個興趣才好，不然生活會很無聊的。」

老媽已經走到門口了，我還是聽見她輕輕的說：

「我曾經有個很好的興趣呀！」

我繼續看我的書。沒多久，又有人來打擾我了。這回是老媽，她拖了一只舊皮箱過來，說是有些寶貝要給我看。

老媽就是那種很「懷舊」的人，後陽臺上幾乎都是她留下來的寶貝。本來我是沒什麼興趣的，可是老媽從那只年齡比我還大的皮箱裡，拿出的東西卻引起我的注意。那是一雙小小的，淡藍色的鞋子。一隻只有我一個拳頭大小，看起來還滿可愛的。

「媽，這鞋子那裡來的？好好玩喔！」

「這是你的鞋呀！你這輩子第一雙鞋呢！你看這個奶嘴，也是你那個時候吃的。那個時候，你白白胖胖的，好可愛。就是捨不得你，所以我才沒去上班，自己在家帶你呀！」

我走過去，蹲在箱子邊也翻了起來。

這個箱子，還真是個「百寶箱」。裡面有一疊老媽求學時代的獎狀，一個兩百公尺短跑第一名的獎章。還有我幼稚園時畫的圖畫，我送給老媽的自製卡片，老爸送給老媽的第一束玫瑰做成的乾燥花，一個巧克力空盒，……。

每一種東西，都記著老媽的一段故事。我拿出兩本藍色封面的作文簿時，老媽說：

「那是我國小六年級的時候寫的，字很醜，對不對？不過我的老師說內容很好。我讀國一時，他還跟我借去抄在黑板上，給學弟學妹們當範本呢！」

我隨手翻翻，真的！每篇都是甲上，不過前幾篇的評語都有一句「字跡潦草」，後來就沒這句話了。我看不像字跡改進了，大概是老師對媽的字體不抱希望了。欸！有一篇的題目是：「我的志願」。我來看看，老媽小時候的志願是什麼？現在實現了沒有？

看過這篇作文，我不知道老媽算不算實現了願望，因為上面寫的是——作家。

原來老媽從小就希望成為一個作家了。我一直以為，她是像烤蛋糕、打毛線一樣，只是一時興趣而已，沒想到卻是她想了那麼多年的事了。

我的罪惡感又加深了許多，本來老媽就要實現願望了，卻因為我的爛成績而封筆不寫。我應該想辦法補救才對。

我把老媽的作文簿拿去給老爸看。

「什麼事？」老爸還陶醉在照片的世界裡。

「你看看這篇文章好不好？不會很長，只要一點點時間就夠了。」

老爸把作文簿拿過去看，我跟他說：

「爸，我現在國一了，自己會負責自己的事。我保證以後絕對不會再出現那種成績。我覺得媽媽可以做她自己想做的事，不必整天陪我。」

老爸有點吃驚的看著我，好像不太相信這些話是我說的一樣。

老媽蹲在皮箱旁邊，低著頭，不知道聽見了沒有。

過了一會兒老爸才說：

「阿昌，你真的長大了。有你這些話，爸爸放心多了。其實，我那天說的只是氣話。我也知道，這段日子以來，媽媽過得並不快樂。我應該跟她道歉才對。你說得很有道理，媽媽當然可以做她自己想做的事。」

老爸說到後來，眼前看的不是我，是老媽！老媽抬起頭，我看見她的眼睛裡，閃著點點淚光。

我拿起小說回房裡去看。像這種時候，我總覺得老爸老媽真是太幸福了，能有像我這麼懂事的兒子的人，已經不多啦！

說來也真巧，老媽剛決定「東山再起」，第二天，老師就拿了一張有關兒童文學的徵文辦法，要我轉交給老媽。

老媽看了以後，對我眨眨眼睛：

「你等著瞧！東方不敗來了！」

是啊！東方不敗來了！她每天用最快的速度洗衣服、晾衣服；掃地、拖地；煮飯、燒菜、洗碗……。老媽就像錄影帶快速前進的時候一樣，一個人在房子裡跳來跳去，看得我頭昏眼花的。有時候，她聲音還在浴室，人已經跑到廚房去了。有時候，明明看見她在臥室，卻又聽到她在客廳叫我。她現在這個樣子和前陣子懶洋洋的模樣，簡直就是天上地下的分別。

好不容易快轉結束了，她才趴在餐桌的電腦前，埋頭苦幹到半夜十二點。最後總是趴在餐桌上睡著，被老爸扛回房裡丟在床上都不知道的情況下結束一天。

老媽說：「我參加大專聯考的時候，都沒這麼認真！」這個我絕對相信。要是當年她也這麼認真的話，鐵定是那一屆的榜首。也不必到私立學校唸大眾傳播，就不會被外公嘮叨四年了。

可是她這麼認真，「葵花寶典」卻一直都沒有練成！剛開始，她信心滿滿的保證，一篇鉅著要誕生了。漸漸的聲音沒了。後來有一天晚上，我看見老媽把寫好的稿子刪了。

「媽，你幹嘛？」

「這麼爛的東西，刪掉算了！看別人寫好像很簡單，沒什麼大不了的，自己寫起來才發現，難哪！我寫不下去了。」

「媽，你這樣不就是半途而廢了嗎？」

「唉！我又不是真的不寫了，叫一叫不可以嗎？你還不是偶爾會說不想上學了？」

真是倒楣！老媽大概是寫不出來，心情不好，我還是少惹她為妙。

後來又有幾次，我看到媽把寫好的稿子刪掉重寫，我都不敢再說什麼。

一直到學期快結束，我們要放寒假了，老媽才把稿子寫好寄出去。寄出之前，還有一段精采的插曲呢！

本來老媽在徵文截止日期的前三天，就把稿子整理好列印出來，放在牛皮紙做的信封裡，親自到郵局，貼了郵票，掛號寄出。可是她剛走出郵局，就想到文章裡有個地方要修改，所以她又回到郵局跟工作人員說要把那個牛皮紙袋拿回來。沒想到小姐一臉不高興，說老媽找她的麻煩。老媽覺得小姐的服務態度惡劣，跟她弄得很不愉快。

後來媽還是依規定把信封拿回來了。又花了三天的時間，把稿子修了又修，改了又改，然後趕在晚上九點前，請老爸飛車載她到臺北夜間郵局，把稿子寄出去。老爸直說：

「沒想到，寫作也是這麼驚險刺激的事！」

12 水皮的故事

我真的想不通，老媽怎麼會做這種傻事？她竟然在我們放假的第一天，要我邀請水皮和他的兩個弟弟到我們家來玩。

「媽！你有沒有搞錯？邀水皮一個人還算有趣，要是他那兩個弟弟也一起來，保證弄得天翻地覆，一刻都不能安寧。」

「有這麼嚴重嗎？」

老媽問得倒是輕鬆，一點都不知道厲害關係。我可是吃過那兩個小鬼的苦頭。

水皮的大弟弟今年國小四年級，名叫徐金鼎，古怪精靈的鬼靈精一個，雖說水皮是大哥，但是餿主意幾乎都是阿鼎想出來的。不過要是只有他一個人，大概還鬧不起來，偏偏下面還有個二年級的小柱子——徐金柱，當阿鼎的跟班，兩個人一唱一和，可以把屋頂都掀掉！

我第一次去他們家時，水皮說要露一手煮麵的功夫給我瞧瞧。我們兩個在廚房待了半天，水皮確實不是蓋的。動作熟練俐落，像個大師傅一樣。我在旁邊只有稱讚他的份。後來水皮大概嫌我在那裡礙手礙腳的，他跟我說：

「杜子，你幫我到客廳去看看，那兩個寶貝在幹什麼？他們平常不是這麼安靜的，一定在變什麼花樣。」

水皮不愧是他們的哥哥。我到客廳的時候，小柱子掛在五尺大的水族箱邊，拿著網子要把裡面的錦鯉撈出來。阿鼎坐在茶几旁，認真的替桌上那隻錦鯉塗上藍色。嘴裡還不斷的叮嚀：

「小柱子，再撈一條白色的魚來，等我把藍魚塗好，我還要再塗一隻綠魚。」

當時，我真不知道要先把小柱子抱下來好，還是先把阿鼎手上那隻可憐的魚，丟回水族箱好。

後來又有一次，我到他們家的時候，發現陽臺上的盆景，葉子、樹幹全部都是紅色的。水皮告訴我，又是兩個小傢伙的傑作。因為阿鼎喜歡紅色，他們就用油漆把盆景全塗成了紅色。

所以，雖然水皮煮麵煮得很好吃，可是他邀我去他們家時，我一定先問：

「你弟弟在不在家？」

要是阿鼎和小柱子在家，我是絕對不會去的。

現在老媽居然要把他們請到家裡來玩。真是……真是……真是「不知死活」啊！

「媽，你忘了我以前告訴你的那些事情了嗎？要是他們把我們家也弄成這樣，看你怎麼辦！」

「沒關係啦！有我在，你怕什麼？你把他們請來就是了。」

「我看你還是注意你前陣子參加的徵文比賽吧！別再管水皮和他弟弟了。」我不死心的勸媽。可是她堅持要邀水皮他們來：

「稿子寄出去就是評審們的事了，我再注意也沒有用啊！我現在除了靜靜的等待結果之外，就是要好好的再寫其他的故事，我覺得水皮是滿有趣的一個人，我想認識認識。」

「你要寫水皮的故事？」

「是啊！你不是說他看見女生說話就結巴，又說他要照顧皮蛋弟弟，是男生宿舍總管，煮麵煮得很好。我想他的故事一定會很有趣。」

「可是，媽，你別忘了三個字喔！」

「什麼三個字？」

「隱私權哪！」

老媽不好意思的笑笑，說：

「放心！我會注意的，而且寫好了，我會先給你看一下。」

就這樣，在我一通電話之後，水皮帶著阿鼎和小柱子，在放假的第二天到我們家來玩了。

天哪！我從沒見過水皮這副正經八百的樣子。他穿白襯衫、咖啡色長褲、土黃色外套，手上還提著一盒「乖乖桶」。就差沒有打上領結，抹上髮油，不然就真的像是到我們家來相親的新女婿了。

那兩個小鬼也是沒見過的整齊，老媽看見他們的時候，丟給我一個充滿問號的眼神，然後笑咪咪的，親切得不得了的，把他們請進屋子裡來。

我對老媽做了一個「等一下你就知道」的表情，然後在水皮耳朵旁邊問：「你發什麼神經？來我家要搞得這樣緊張兮兮的嗎？」

水皮小聲的回答我：

「我媽說難得有人請我們這三隻孫悟空，所以要好好表現一下，才會有下一次的機會。這乖乖桶可不是請你吃的，是那兩個傢伙表現好的獎品。你別搞錯了！」

還好老媽很上道，她在小桌上擺滿了巧克力、洋芋片之外，還堆了一堆飲料和一大籃椪柑。等他們坐好了以後，媽就把乖乖桶也開了。

那兩個小鬼大概是吃糖甜了嘴巴，乖乖的叫了一聲：

「杜媽媽好！」

老媽高興的說：

「好！好！不要緊張，把這裡當做你們自己家好好的玩吧！」

唉！他們要是真的把這裡當做自己家，那就慘囉！

我發現老媽真的是屬於那種「跟什麼人都可以聊得很好」的人。她兩三下就把水皮哄到廚房裡跟她一起煮麵，要進去廚房前還跟我說：

「杜哥哥，你好好的陪兩個小弟弟玩喲！」

杜哥哥、杜哥哥，我看我都快變成保母了！水皮和老媽高高興興的在廚房有說有笑，說話一點都不結巴了。我卻要坐在這裡盯著兩個小鬼，擔心我那一小缸金魚，和陽臺上那盆萬年青。

兩個小朋友倒是滿合作的。小柱子被我的小叮噹漫畫迷住了，一個人窩在沙發裡，不時發出咯咯的笑聲。阿鼎剛開始好像有點無聊，他東晃西晃的，搞得我神經緊張，擔心不知道什麼東西遭殃了。後來他發現了老爸放在電視架下，一黑一白的兩盒圍棋，竟然問我要不要跟他下棋。

「我……我不會下圍棋。」我是真的不會下，不是不想下。

「沒關係。我們來下五子棋好了。」

五子棋，簡單！一個人拿黑棋，一個人拿白棋，輪流下子。看誰先連成一條線，直的、橫的、斜的都沒關係，只要先連一線，誰就贏了。我高高興興的和阿鼎下起五子棋來，沒想到竟「踢到鐵板」，沒有一次贏他的。後來他還教我一些什麼直棋、包棋的，我才知道這傢伙不簡單。

他們三兄弟就這麼平平安安的在我們家過了一天。老媽直誇水皮是個懂事的大孩子，我也發現了阿鼎和小柱子可愛的地方，不過那兩個小子還是露了一手。中午吃麵的時候，他們趁老媽不注意，在她的椅子上放了一個「放屁球」，就是那種在整人玩具店買的，吹了氣以後，壓它會發出放屁的聲音的氣球。等老媽坐下時，又長又響的「噗！噗！」聲就爆發出來了。老媽先是吃了一驚，後來竟跟阿鼎、小柱子一樣，笑得直不起腰來。

水皮緊張的跟老媽道歉。媽把笑得流出來的眼淚擦掉，直說沒有關係，很好玩。還叫他們下次來的時候，帶個更新鮮的玩意兒來！

水皮他們回去了，我大大的鬆了一口氣。過幾天，老媽就把她的作品拿給我看。

我仔細的看了一遍，跟媽說：

「這個故事很好玩，可是水皮那有這麼厲害？媽，你太誇張了吧！」

「我能看見你看不見的地方才叫厲害！而且小說不是傳記，作者有權決定怎麼寫，對不對？」

對！對！對！老媽說的當然對。等我把這篇〈公雞帶小雞〉拿給水皮看，他這隻大公雞不樂歪了才怪！

13 慶功宴和可惜會

放假的日子總是過得特別快！熱鬧的春節過完，寒假就快結束了。等我把寒假作業趕完，剛好就開學啦！

每天上學、放學，讀書、讀書之外，還是讀書，日子過得還真單調。今天放學回家，本來要跟媽抱怨好無聊的。沒想到媽來開門的時候，我就發現老媽今天不太一樣。

「欸！媽，今天很漂亮喔！有什麼大事情嗎？」

「你猜猜看！」

老爸老媽的結婚紀念日？不對！那是六月的事。那會不會是誰的生日呢？也不對，我們家三個人的生日，在上學期都過完了。到底是什麼事呢？值得老媽到美容院去做頭髮，穿上過年買的新衣服，再加上一桌子的好菜，這個日子一定是相當特別的。

「哎呀！我猜不到啦！你快說嘛！」

「好吧！給你一個提示。前陣子，我參加……。」

不等老媽說完我就叫了出來：

「徵文比賽，對不對？媽，你得獎了，是不是？我就知道，你那麼認真，一定會得獎的，我就知道！」

老媽搖搖頭，說：

「你猜對了一半。是為了徵文比賽沒錯，不過我沒得獎。我把報上那個得獎名單看了十幾遍，還是沒看到我的名字。」

「那你怎麼……。」

我沒說下去，我擔心老媽是不是悲傷過了頭，有點反常了？

這時候老爸下班回來了。他看到老媽的打扮和桌上的好菜，也以為是老媽得獎了。雖然我一再的跟他眨眼睛，可是他看都不看我一眼，跑過去把老媽抱起來繞了兩圈說：

「老婆！恭喜你，恭喜你！」

老媽等老爸把她放下，摸摸頭髮、拉拉衣服才說：

「對不起！兩位男士，我們今天要開的是可惜會，不是慶功宴！」

「什麼可惜會，慶功宴？我不懂！」我好怕老媽是不是有點「秀逗」了？

「我唸高中的時候，學校常會舉辦一些班際比賽，像籃球啦、排球啦、拔河啦、或是合唱比賽什麼的。每次比賽完畢，不管輸贏，老師都會請我們在教室大吃一頓。贏的時候，她開慶功宴，謝謝大家的努力；輸的時候，她開可惜會，因為差一點點我們就贏了！現在，兩位男士，請洗洗手，參加我的可惜會吧！」

還好，老媽說話條理分明，而且記憶清楚，應該是沒什麼問題，可是，她真的不難過嗎？吃飯的時候，我忍不住還是問了這個問題。

「誰說我不難過？我已經哭了一個早上了，可是，我不能就這樣認輸了呀！我想了一個下午，比賽並不是我寫作的目的。沒有比賽，我還是照樣寫下去！所以等稿子退回來時，我看看修改以後，能不能投到報社去發表。至於以後如果又有比賽的話，我還是會去參加的。」

老爸聽完，用力的鼓掌起來。他說：

「老婆，你不簡單喔！我終於了解到，是什麼力量支持孫中山先生十次革命，以至於成功了。最近看你這麼投入，我也想了很多，我應該全力支持你才對。所以從今以後，洗衣服、晾衣服、摺衣服、拖地板的事情，我包了！阿昌，你呢？你一定也支持媽媽對不對？你要負責什麼？」

老爸的話，前半段聽起來有點肉麻，後半段聽起來就有點離譜了！他自己要分擔家事，也就算了，怎麼連我也拖下水了呢？

「爸，你有沒有搞錯？我上了一天課累得要命，回家還要做事嗎？」

「我還不是上了一天班？媽媽雖然整天在家，但寫作也不是輕鬆的事啊！媽媽這麼認真的寫作，讓我十分佩服。我覺得每個人都有權利做自己想做的事，媽媽也不例外。而且家是我們的，家事也應該大家分擔，對不對？」

怎麼今天大家都變成演說家了？我雖然不太習慣，但老爸說的也有道理。還有，我也想到了水皮在廚房煮麵的情形。好吧！我就選一樣好了。

「那我負責洗碗，可以嗎？」

「太棒了！謝謝你們的支持。我一定會努力寫下去的！」

老媽高興過了頭，竟然親了我一下。她真的是越來越像小孩子了。不過，有一件事我一定得提醒她：

「媽，我們先講好，你除了寫作之外，別再去學新的東西了，好不好？」

「為什麼？」

「每次你學東西，倒楣的就是我！」

「怎麼會呢？」

「怎麼不會？你打毛衣，我穿前後衣擺對不齊的衣服。你烤蛋糕，我吃了兩個月的黑蛋糕。現在你寫作，我要分擔洗碗，還有上次理頭髮的事情，你應該還記得吧？」

「對了！謝謝你提醒我。我的毛衣和蛋糕都是大師級的了，就是理髮技術還很差。阿昌，你能不能再……。」

「媽——你饒了我吧！你不是說這是可惜會嗎？你就留點小缺點，可惜一下嘛！好不好？」

她也曾年輕（後記）

有人問我：「天才不老媽，寫的是你自己嗎？」

我的答案是：「可以說是，也可以說不是。」

那個一心一意在家事的空隙中，擠出時間寫作的媽媽；那個從退稿中，練就一掂就知道是採用通知，還是「大作回家」的媽媽，確實是我。

不過，那個替孩子剪頭髮的媽媽，是我先生的姊姊。她現在不但會剪頭髮，還會自己燙頭髮了呢！那個做蛋糕的媽媽，是我的姊姊。她現在還會做鳳梨酥、包粽子、蒸年糕喔！那個自己打毛衣的媽媽，是我的同事；那個拿吹風機嚇唬人的，是我國中同學的媽媽；那個替孩子寫情書的，是我的一位作家朋友。

生活中接觸到的這些可愛的媽媽們，造就了書中的天才不老媽！其實，每一位媽媽，都有那麼一點「天才」，只是需要孩子們，用柔軟的心去感覺罷了！

我小的時候，一直以為我的媽媽，生下來就是我當時看到的那個樣子：矮矮的個子、微胖的身材、花白的頭髮、粗糙的雙手、龜裂的腳跟。直到有一天，我看見她年輕時的一張照片，吃驚的說：「媽！原來你也曾經這麼漂亮！」

當年媽媽臉上那抹有點甜、又有點酸的笑容，直到今天，我也當了人家的媽媽，才算真正的體會到其中的味道！

是的，大部分的孩子，都沒有想到過，自己的媽媽也曾像現在的自己一樣，擁有一段渴望自由又極需關心的日子。她也曾擁有跳躍不定的心情，她也曾擁有一飛沖天的理想，她也曾——年輕！

所以，年輕的孩子，把你的心事和媽媽分享，相信她能體會的。當你看完天才不老媽的故事後，請以一份新的心情，一份與朋友交往的心情，去發現自己家裡的——天才不老媽！

陳素宜

於一九九五年七月

不一樣的「故事學校」（延伸閱讀）

黃秋芳

天才不老媽上學去了！上什麼學呢？
什麼？世界上居然有「兒童文學創作班」這種學校？
兒童文學，到底是什麼呢？

好聽的故事，就是最美麗的兒童文學

所有的兒童文學，都從一個好聽的故事開始。
迷人的故事，充滿各種情感細節的故事，一點一滴的醞釀著我們。

我們在千變萬化的情緒中，喜歡想像著，這些故事的源頭，到底在哪裡呢？還記得阿拉丁神燈嗎？那幽幽遠遠的一縷細煙，不知道經過幾千年又幾千年的等待，是不是最早最早的文化起源，就是從充滿圓屋頂、細水壺、魔法、飛毯的「西亞」地區開始？

這個西亞文化啊！真的是又古老又光芒萬丈，擁有最早的法典、最早的天文數算、最早的六十進位，所有文明所必需要的基礎，數學、天文、文化，都從這裡醞釀。

西亞神話，是世界上最好聽的故事，包含天地創造、造人、洪水、戰爭、屠龍，除妖……，這所有的一切，慢慢侵入每一個民族的末稍，深刻影響阿拉伯文學、希伯來文學，後來又演化成《舊約》，成為西方文學的源頭。

慢慢地，從遙遠的東方國度，幾千年前的印度開始，也出現了更多味道完全不一樣的故事。

印度這個民族，人跟動物、跟大自然，幾乎毫無距離地生活在一起。他們教育皇族的課本，就是最好聽的故事集《五卷書》，包含大自然、天地、哲學的各種故事，感動不同個性的人，隨著當時因為經濟上的交流、貿易上的往來的旅人，慢慢流散到各地。

直到現在，我們還可以在法國寓言、格林童話、《一千零一夜》裡看得到這些故事的影子，迴盪在每個喜歡聽故事的人的耳朵裡。

最初，孩子都是被嚇大的

對每一個孩子而言，聽好聽的故事長大，就是件最美麗的事。

本來，孩子們都會這樣幸福長大的，因為世界上最早又最重視教育的，就是希臘人，他們的努力延伸到羅馬時期，兒童接受保護、照顧，表現出驚人的智慧判斷力和冒險行動力，直到現在，還有很多兒童文學作家喜歡用「羅馬少年偵探」做主角，解決各種謎團。

眼看兒童就要登上人類文明舞臺，準備大顯身手了，沒想到，偉大的西羅馬帝國抵擋不了武力強大的蠻族入侵，教育的火焰一閃而逝，各種不同的原始部落，從遙遠的北歐冰海、西歐島嶼，一起擠進歐洲核心，從此封建領主四起，城堡林立，圍城戰爭頻繁，農奴生活越來越窘困，經濟災難造成大批的乞丐、難民和流浪漢，不斷逃入森林或加入強盜隊伍。

連續幾百年，人們生活在中世紀的黝暗恐懼中。中世紀的媽媽們，只好用威嚇和約束來帶領孩子，對付無止盡的恐慌和災難。她們在要炒菜前，會叫孩子們站成一排，嚴肅地警告大家，要乖，一定要很乖，然後燒滾了熱油，丟下一把青菜，隨著「唰」！地一聲熱油四濺，才盯著一個又一個孩子，陰森森地說：「如果你們不乖，就得下油鍋，像這把青菜一樣！」

孩子們驚慌失措。各種各樣的妖魔傳說和英雄傳奇，就在連年征戰中，成為生活中不斷起伏的惡魔與恐懼、夢想與期待。

這種凌亂的壓抑，一直延續到十三世紀以後，航海家往返於海洋，拓展出前所未有的視野；各種科技發明推陳出新，水力利用、風磨、採礦、冶煉、製造、紡織……等，改善了不分階級的經濟生活；火藥和工程技術發展到十五世紀，城堡失去作用，輕裝步兵和弓箭手取代騎士；印刷術促成教育傳播，整個歐洲面臨巨大變革；「文藝復興時期」的豐沛創造力，終結中世紀社會的封閉與對立。

經過十七、十八世紀各個天才橫溢的哲學家、科學家、藝術家、文學家的不停奮鬥，孩子們的夢想，開始透露出新的生命活力。

不同的故事，捏塑出不同的孩子

不同的國家，開始用不同的故事，捏塑出一個又一個不同的孩子。

經歷多種民族出出入入的英國，每個孩子的血液裡都藏著漂泊、勇氣，以及各種各樣精靈、魔鬼的古老傳說，隨著工業革命帶來的文明可能，英國的文學土壤藏著兩種截然不同的精神：一個是「原始的自然生命力」，一個是「深入的文明知識」。兩種能力撞擊出全世界第一本純粹為了兒童快樂而書寫的故事書，天真而熱烈，自由而荒謬，然後才有《愛麗絲夢遊奇境》、《納尼亞傳奇》、《魔戒》、《哈利波特》……這些存在於日常生活裡的奇幻異術。

鼎盛富庶的法國，講究不可撼動的實證精神。他們出版全世界第一套兒童百科全書；法布爾《昆蟲記》準確而精緻；凡爾納在一百多年前創造出來的科幻小說，每一個發明都在預測，可預見的未來會具體成形。

當各個國家高度發展時，德國還任由分散、混亂的諸侯割據，到處是城堡，到處是國王、王后、王子、公主，當然也到處是野獸、妖魔、巫婆，直到《格林童話》整理出人性的拉鋸、被遺棄的苦難，以及所有生命的掙扎與奮鬥，為所有的孩子創造出共同的理想、願望和追尋。

艱困的北歐環境，永遠充滿「英雄抗爭」的精神，明知道命運諸多考驗，每個人都勇敢而瘋狂地往前走去，無所恐懼。他們有全世界第一份專門為兒童創辦的報紙、第一份兒童雜誌；當藏在不同文化裡的滑稽荒謬傳到瑞典，英雄悲劇裡忽然又加入鮮活、飽滿的遊戲，所以接生了強盜家族留下的勇敢女孩《長襪子皮皮》；還有抓住鵝尾巴飛躍整個北方的《騎鵝旅行記》。

而美國這個民族大熔爐，最有名的兒童文學財產是改編自德國童話的《李伯大夢》。一個醉醺醺的獵人，在街上看見英國國王的照片，進去森林跟古荷蘭人打了一場球，睡了一覺出來，英國國王的照片已經變成美國總統的照片，迅速刻畫出美國經歷荷蘭、英國的開發史，洋溢著熱情、自由、隨遇而安的精神。

看到這些故事，以及故事背後一個又一個不同國家的孩子們，這樣面貌鮮明地長大，是不是也會想到我們自己？

和天才不老媽一起，寫我們的故事

很小的時候，我們常常聽什麼故事？二十四孝？白雪公主？多啦A夢？還是哈利波特？

第一屆臺灣文學獎首獎作品〈梅花鹿巴躍〉，描寫勇敢的梅花鹿被獵人欺負到退無可退時，決定把整個梅花鹿族群分成兩半，老的梅花鹿先跳，跳到一半，成為半空中的島嶼，再讓小的梅花鹿踩著老梅花鹿的背，重新彈起，跳到對面，因為懸崖對岸有一個新天地，所有族群裡的老人都要成全小孩，就在那個分界點，生命終於承傳下去。我們有多少人也是這樣，曾經踩著前人的血和淚，到另一個新世界重新開始。

同一年度，吳濁流文藝獎首獎作品〈變貓記〉，故事從媽媽說浪費水會被老天爺處罰變成一隻貓開始。穿黃衣服的媽媽正要送孩子上學前，忽然想起忘了個東西就轉身上樓，卻一直沒有下樓，眼看就要遲到了，孩子看到從樓上慢慢走下一隻黃色的貓，居然害怕得哭起來：「因為我浪費水，媽媽變成一隻貓了！」他傷心地抱起那隻貓去上學，藏在抽屜裡，結果被老師罵了一頓，沒心情上課的孩子，蹺課去找朋友想辦法，朋友說有個老婆婆有很多神奇的藥，他們又帶著那隻貓經歷更多折磨，仍然變不回媽媽，當一切都無效時，他傷心地回到家，走到陽臺時嚇一跳，媽媽躺在地上沒力氣地問：「你這孩子，平常叫你上學老是拖拖拉拉，今天無論我怎麼拉開嗓門叫，你都不上樓？」原來媽媽在陽臺上摔斷腿，沒辦法動，陽臺的門沒關，所以有一隻貓偷偷跑下樓。

這兩個故事都很有意思，重要的是，你喜歡嗎？想一想，你比較喜歡〈梅花鹿巴躍〉？還是〈變貓記〉？為什麼呢？

其實啊！好聽的故事，在不同的時候，和不同的人討論，說給不一樣的人聽，都會有不同的轉變，讓我們一遍又一遍重新經歷，每次都能感受到不一樣的心情，只要深入去想一想故事裡的每一個人、每一次人生選擇，我們投入越深的感情，就越容易被感動。

還有好多好多故事，藏在我們自己的身體裡。就像天才不老媽一樣，只要認真、用心，我們每一個人，都可以在日記裡、在筆記本、在部落格……，寫下我們自己的故事。

九　歌　少　兒　書　房　2　8　2

天才不老媽

國家圖書館出版品預行編目 (CIP) 資料

天才不老媽 / 陳素宜著 ; 程宜方圖 . -- 三版 . --
臺北市 : 九歌出版社有限公司 , 2021.06
面 ;　公分 . -- (九歌少兒書房 ; 282)
ISBN 978-986-450-347-6(平裝)
863.596　　110006140

作　　者——陳素宜
繪　　者——程宜方
責任編輯——鍾欣純
創 辦 人——蔡文甫
發 行 人——蔡澤玉
出　　版——九歌出版社有限公司
臺北市 105 八德路 3 段 12 巷 57 弄 40 號
電話／02-25776564・傳真／02-25789205
郵政劃撥／0112295-1

九歌文學網　www.chiuko.com.tw

印　　刷——晨捷印製股份有限公司
法律顧問——龍躍天律師 ・ 蕭雄淋律師 ・ 董安丹律師
初　　版——1995 年 9 月
三　　版——2021 年 6 月
定　　價——260 元
書　　號——0170277
I S B N——978-986-450-347-6